月光迷宮の夜に濡れて

藍生 有

JN177629

white
heart

講談社X文庫

目次

月光迷宮の夜に濡れて 5
陽光の朝に溺れて 173
あとがき 189

イラストレーション／篁《たかむら》 ふみ

月光迷宮の夜に濡れて

海上貿易で繁栄するネッビア共和国の朝は、海が太陽の光を浴びて輝くことで始まる。その輝きは建物に反射し、やがて国全体を色鮮やかに染めていくのだ。

ネッビアは国土の大半が沼地を埋め立てて造られた小島という、人工的な国である。国の中心のネッビア本島はライオンが右を向いて寝そべったような形で、背中から後ろ足部分までをS字型の大運河が縦断していた。最大面積を誇る本島の周りには小さな島が無数に散らばり、島々を繋《つな》げるように橋がかかる。

日曜日の昼、ネッビア中心部のセッラーノ大広場は賑《にぎ》わっていた。海の玄関とも呼ばれる大広場ではさまざまな国の言葉が飛び交っている。だが大半の人々が向かうのは同じ場所だ。政治を行う宮殿前、巨大な八角形の建物に人が吸い込まれていく。

その建物は、サンエルモ大聖堂という。この国で信仰の中心となるその大聖堂の前に、ルチア・ファリエールは立っていた。海から吹いた風が、ルチアの金色の髪を乱す。冷たく澄んだ風は気持ちがいい。

「そこで少し待っていなさい」

「はい、お父様」

ルチアは素直に頷《うなず》いて、大聖堂の柱の陰に立った。ここからだと、大広場から海へと抜ける小広場まで見渡せる。

きらきらとした海とそこに浮かぶたくさんの船に目を細めてから、大聖堂の目の前に建つ鐘楼を見上げる。数年前に建て替えられた真新しい鐘楼は、この国で一番高い建物だ。

ルチアは一度だけ、鐘楼のてっぺん近くまで行ったことがある。五人も立てばいっぱいの場所から見下ろしたこの国は、光を浴びてきらきらと輝いていた。吹き抜ける風が気持ちよくて、つい身を乗り出しすぎて落ちそうになったのもいい思い出だ。

「さあ、行くぞ」

父の声でルチアは鐘楼に背を向ける。鐘楼から落ちそうになった時、一緒にいた父にはどうしてそんなに向こうみずなのかと怒られた。その時の父の顔があまりにも怖くて、あれからほんのちょっとだけ、ルチアはおとなしく振る舞うことにしている。

「はい」

素直に返事をしてから、父の横にいた母と共に大聖堂の中へと足を踏み入れた。

ルチアが生まれる前からある大聖堂は、天井も壁も金色で華やかだ。天井は高く、さまざまな装飾が施されている。しかし祭壇にかかる大きな木彫りの十字架だけは簡素なものだ。この十字架は、この国の守護聖人が使っていたという言い伝えがある。

ルチアは父と母に続いて、前方にあるいつものベンチに腰かけた。周りに座っているのは顔見知りばかりだ。

毎週日曜日の朝、大聖堂では典礼が行われる。前方に貴族が固まって座るため、大体誰がどこに座るのかは決まっていた。ルチアの父、ファリエール公爵の席は最前列の中央で、母と子供たちはその隣に座ることになっている。

ベンチに座ったルチアは、さりげなく姿勢を正した。外の喧騒《けんそう》よりは落ち着いているとはいえ、人が多いのでざわめいている。祭壇脇《わき》にある燭台《しょくだい》では、蠟燭《ろうそく》の炎が揺れていた。

毎週、同じように繰り返される典礼はひどく退屈だ。始まる前からあくびが出そうになるのをこらえ、ルチアは俯《うつむ》いた。

少しずつ、ざわめきが引いていく。そろそろ始まるのだろうか。

顔を上げる。正面の祭壇の手前には黄金の屛風《びょうぶ》が置かれ、その奥に主教の座がある。ベンチの両側《りょうがわ》には一段高くなった柱廊があり、そこに黒い修道服をまとった男たちが並びはじめる。この大聖堂にはたくさんの修道士がいる。彼らが揃うと典礼が始まるのだ。

修道士の列の端に、見たことのない者が立っていた。修道服に負けないくらい黒い髪と目が印象的だ。すっきりと整った横顔から見て、年はルチアと変わらないくらいだろうか。背筋がぴんと伸びていて目を引く。

「あの修道士様はどなたかしら」

ルチアのすぐ後ろで女性の声がした。若い修道士は珍しい。ネッピアではすぐ噂《うわさ》になるだろう。

「素敵な方ね」

控えめだがはしゃぐようなその女性の声が聞こえたのだろうか。修道士がこちらを見た。

目が合う。ルチアは息を呑《の》んだ。

「あっ……」

思わず小さな声を上げて固まる。同じように彼もまた、瞬《まばた》きを忘れたようにルチアを見ている。その遠慮のない、まっすぐな目にルチアは確信した。

彼はリカルド・トライアーノだ。トライアーノ公爵家の次男で、ルチアの同い年の幼《おさな》馴染《なじ》み。

貴族の次男は修道士か軍人になることが多い。真面目《まじめ》を通り越して堅物だったリカルドには、性格からしても修道士はぴったりの職業だ。

だけど彼は確か、二年も前にネッビアを出ていったはず。いつ戻ってきたのだろう。

「どうしたの、ルチア」

隣に座る母の視線で我に返る。ルチアはリカルドから視線を外した。

「なんでもないわ」

ルチアは首を振った。まだ彼がこちらを見ている気がして、顔を上げられない。なぜかひどくそわそわして、鼓動が速くなっていく。

早く典礼が始まってほしい。ルチアは勝手に速くなっていく鼓動をどうにかしようと手でドレスを握った。

修道士が揃い、聖歌隊の歌が始まる。堂内に響く力強い歌声がルチアを落ち着かせた。

リカルドがここにいたからといって、別に自分には何も関係ないことだ。気にする必要なんてない。

だけどそう言い聞かせても、意識がどうしてもそちらに向いてしまう。

司祭が入ってくる。祭壇に顔を向け、ルチアは今までにないくらい司祭の説教に集中しようとした。だけど右から左へと通り抜ける。大聖堂の中に人はたくさんいるはずなのに、一人ぼっちのような感覚が息苦しい。

気がつけば周りが立ち上がっていた。ルチアも慌てて立ち上がる。両親に続いて種なしパンを授かる。それを無言で口にしてから、静かに祈りを捧《ささ》げれば典礼は終わりだ。

司祭が祭壇を下り、空気が緩んで初めて、その場が張り詰めていたと分かる。ルチアは両親に続いて出口へ向かう。

大聖堂をぞろぞろと出る人波の中で、体にまとわりつくような視線を感じた。背筋に震えが走り、足を速める。

外の光を浴び、さわやかな空気を吸い込む。厳格な空気と視線から解放され、ルチアは息をついた。

「どうしたの、ルチア」

母が心配そうにルチアを見やる。

「なんでもないわ。行きましょう」

ほら、と両親を促して、セッラーノ大広場を囲む回廊へ向かう。この角に、ファリエール家いきつけのサロンがある。二階建てで、この国の流行はほぼこの場所から始まるといわれる場所だ。

セッラーノ大広場から大運河の入口となるフランケッティ橋までが、ネッビアのメインストリートだった。広場には軽食や飲み物を並べたワゴン、道路の両脇には花や食べ物を売る店がある。日曜日の今日も、普段ほどではないが賑わっていた。

典礼を終えてやってきた人々で混《こ》みあう回廊には、流行中のサロンの看板が並んでいる。その一番奥は、貴族が集まるサロンだ。

「お待ちしておりました、こちらへどうぞ」

サロンの主《あるじ》が迎えてくれた。ルチアがこのサロンに入れるのは、父と一緒にいる時だけだ。それでも、広場に面した入口近くの一等席には座らせてもらえない。

その理由はルチアの髪の色にある。母親によく似た金色はこの国では昔からとても好まれる色とされていて、人目を惹《ひ》くのだ。だからどこで変な男に目をつけられるか分からない、というのが父の主張だった。父も母も、末娘のルチアに対してとても過保護だ。

そんなに心配しなくてもいいのにとルチアは思う。確かに髪は染めなくても綺麗《きれい》な色をしているかもしれない。だけど自分の大きな青い瞳《ひとみ》は好奇心に溢《あふ》れ、活発な性格を前面に出している。世の男性が好む女性とは違い、おとなしくないと一目で分かるはずだ。

貞淑をよしとする貴族の娘としてははねっかえりな性格だと両親にも兄姉にも言われている。でもそれをルチアは悪いこととは思っていなかった。だって自分には分からないことがいっぱいあるのだ。それを知りたいと思って何がいけないのだろう。

サロンの奥、壁際にあるいつもの席に腰かける。正面には父が、隣には母が座った。すぐに珈琲《カッフェ》が運ばれてきた。黒くて苦くてあんまりおいしいとは思えないけれど、これをそのまま飲むのがネッビアでは流行している。だからルチアもそうしている。

父がカップを口に運ぶ。一口飲んでおいしそうに目を細めてから、さて、とルチアを見た。

「また新しい服を頼んだそうだな」

「ええ。今度の饗宴《バンケット》に合わせて作ったの」

ファリエール家が主催する饗宴は、ルチアにとってとても退屈なものだ。招待側であるルチアはとにかくおとなしくしていなければならない。ダンスに誘われたら応《こた》え、笑顔を絶やさずにいることを要求される。

唯一の楽しみは、饗宴の度に新調されるドレスだ。

「何色だ」

父親は目を細めて聞いてきた。

「………」

「はっきり言いなさい。今度は何色にしたの」

母親がルチアを促す。ファリエール公爵夫人として貴族のサロンでは絶大な権力を誇っているのだ母は、いつもルチアの服装に対して厳しい。普段はドレスを選ぶ時も同席するのだが、今回は母が外出している隙《すき》にルチアが生地を選んでいた。

「……青よ」

ルチアの答えに、父と母が顔を見合わせた。

「またそんな色か」

呆《あき》れた様子に、でもと続ける。

「胸当てにレースの飾りをつけたの。とても上品よ」

今ネッビアで流行している立ち襟のようなレースではなく、開いた胸元をレースで飾ったクラシカルなものだ。

「そう」

母の素っ気ない一言に、信用されていないのだと分かった。

「あまり派手なものはいかんぞ」

父も渋い顔をしている。

「本当に素敵なレースなの。派手ではないわ」

ネッビアのレース技術は素晴らしい。細かな模様は美しくて眺めているだけで幸せな気持ちになる。この国だけでなく、他国でも人気なのだと貿易商の娘である友人が教えてくれた。

ドレスのリボンには、首飾りと同じビーズをあしらった。ネッビアのビーズはカラフルで、光が当たると綺麗に輝くのだ。身にまとうと美しいと思うのに、父も母も道化のようだと眉《まゆ》をひそめる。ルチアにはそれが不満だった。

「買ったものはとやかく言わん。ただし今度の饗宴は、違うドレスで出なさい」

「えっ、でもせっかく作ったのに！」

父がカップを置いた。

「なんのための饗宴か忘れたか」

「それは……」

ルチアは俯いて、カップに描かれた花の模様を見つめた。

最近、ファリエール家は饗宴を頻繁に開いている。それらはすべて、ルチアの結婚相手を選ぶためのものだった。

貴族の娘ともなれば、幼い頃から決められた相手と結婚するのが普通だ。物心ついた時には婚約し、年頃になると結婚していく。

だがルチアに婚約者はいない。父がその時に最もふさわしい相手と結婚させると、ルチアが生まれてすぐに公言したせいだ。

これまで結婚の申し出がなかったわけではない。父にはひっきりなしに縁談が入っているると聞いている。しかし父が認めるような相手はいないらしい。だから早めに決めておくべきだったと母は嘆いている。

「とにかく、慎《つつ》ましい格好をしなさい。いいな」

「……分かったわ」

結婚した姉たちは、いつも真っ黒のドレスばかり身につけている。闇《やみ》のような漆黒の黒は上等な布地だからこそ出せる色だと知ってはいるけれど、もう何着も持っているし代わり映えしない。

それに、せっかくネッビアには繊細で美しいレース細工があるのだ。身につけて何が悪いのだろう。

無言で珈琲を飲み終える。両親は周囲の知り合いに挨拶《あいさつ》を済ませると席を立った。帰る合図だ。

父が周囲をうかがう。数ヵ月前、このサロンの入り口でルチアはいきなり求婚された。

公爵家の息子と名乗った彼は、大聖堂でルチアを見て以来、ずっと恋をしていたのだという。

人がたくさんいる場所での求婚に、ルチアは驚くと同時に恥ずかしくなった。七歳年上のその男性は、にやにやと笑いながら当然のようにルチアの手をとろうとした。

一緒にいた父は彼が気に入らず、手を強引に押しのけた。そのままルチアは父と店を出たが、その後にその人の話は聞かないから、求婚はなかったことにされたようだ。

その日から、ルチアが外出する時は必ず両親のどちらかがついてくるようになってしまった。それまでは侍女や使用人がいれば出かけられたのに。

「いつもありがとうございます」

頭を下げるサロンの主に挨拶をしてから、入ってきた広場側ではなく、裏の運河側にある階段を下りる。そこはゴンドラの乗り場になっていて、ファリエール家の紋章が刻まれたゴンドラが停《と》まっていた。

石畳が多く道幅が狭いネッビアの主な交通手段は、このゴンドラだ。貴族はそれぞれ複数台を所持し、紋章をつけ専任の漕《こ》ぎ手、ゴンドリエーレを雇っていた。

「おかえりなさいませ」

恭しく頭を下げるのは、ファリエール家のゴンドラを長年任されているゴンドリエーレのチェスコだった。ルチアが生まれた時にはもうこのゴンドラを任されていたベテランだ。

母に続いてゴンドラに乗り込む。わずかに揺れるその瞬間がルチアは好きだ。このゴンドラのすぐ下に水があるから、まるで水の上を歩いている気分になれる。

最後に父が乗り込むと、ゴンドラがゆっくりと動きだす。光を浴びて煌《きら》めく水面をゴンドラが進む。角を右に曲がると大運河の入口となるフランケッティ橋が見えてくる。

幅の広い大運河の両側には大きな建物が多い。さまざまな国旗が目につくのは、政治と経済の中心でもあるため、各国の商館が多いせいだ。

石造りのフランケッティ橋の下をくぐると、ひときわ大きな建物が右手に見えてくる。ルチアが住むファリエール家の邸宅《パラッツィオ》だ。

ゴンドラが少しずつ右に寄っていき、ちょうどよくファリエール家の大運河側の玄関に着く。ネッビアでは、道路ではなく運河に面した玄関が正式な入口となる。

隅々まで装飾が施された太い柱に守られている重厚な扉が、ゆっくりと開かれた。

「おかえりなさいませ」

迎えてくれるのは侍女たちだ。ファリエール家では行儀見習いという形で、ネッビアの各島で親を亡くした女性を雇っている。

「ありがとう」

ルチアはチェスコの手をかりてゴンドラから降りた。両親に続いて中へ入り、螺旋《らせん》階段を上がる。ルチアの部屋は三階だ。

「おかえりなさいませ、ルチアお嬢様」

部屋の中には侍女のリオネッラがいた。彼女は赤い髪に茶色の目をしており、とても背が高い。ルチアの乳母の娘で、親友でもあった。

「お飲み物をお持ちしますか」

「今はいらない。今日は日曜よ、あなたも休んで」

リオネッラは微笑《ほほえ》んで頷いた。それでも彼女はルチアを気にかける。そういう性格なのだ。

外出用のドレスから、部屋着のローブに着替える。結局、リオネッラの手をかりることになった。

自宅用の楽な格好になると、ルチアはベッドに腰かけた。

「私はここに控えております」

部屋の隅にある一人がけの椅子《いす》はリオネッラ専用だ。彼女はそこでルチアの話し相手になってくれる。

「今日の典礼はいかがでしたか」

「いつも通りよ。……そういえば、久しぶりに」

リカルドに会った。言いかけてやめた。彼がこの国に戻っていることなんて、ルチアに関係のないことなのだ。ここでリオネッラに話をしたら、まるで自分が気にしているみたいだ。

「久しぶりに？」

続きを促されて、首を横に振る。

「なんでもない」

口を噤《つぐ》み、ルチアは窓枠に手をつく。高い位置にある太陽を眺め、思わずため息がでそうになった。

日曜日は典礼以外の外出が許されない。ルチアにできることといったら、こうしてリオネッラと喋《しゃべ》ることくらいだった。

窓から射《さ》し込む日差しが朝を告げる。ルチアは目が覚めるとベッドを飛び出した。退屈で憂鬱《ゆううつ》な週末が終わった。大好きな月曜日の始まりだ。

窓を自分で開けて、太陽の光を直接浴びる。窓の下に見える大運河はゴンドラが行きかっていた。

「おはようございます、お父様」

朝食は父と母ととる。父が仕事へ出かけるのを見送り、母がサロンへと出かけると、ルチアは大きく伸びをした。やっと自由だ。

部屋で身支度を整える。紋章をつけたゴンドラが次々にやってくるのが見えて笑みがこぼれた。

「ルチアお嬢様、皆様お揃《そろ》いです」

リオネッラに呼ばれ、二階のバルコニーに向かう。ここで友人と集まって、喋りながらお茶を飲む。ルチアの日常において、最も楽しい時間だ。

友人はすでに席に着いていた。ルチアが定位置に腰をかけると、リオネッラがお茶を持ってきてくれる。

純白のクロスをかけた丸テーブルいっぱいに、お菓子と果物が並ぶ。ルチアの好物ドライフィグのクロスタータに、謝肉祭の時期だけ食べられるフリッテッレ。フリッテッレは作る人や店によっていろんな味があるけれど、ルチアが好きなのは干しブドウを混ぜ込んだ生地を丸めて揚げただけのシンプルなものだ。

「おいしそう」

フリッテッレに手を伸ばす。食べようとしたその時、ルチアの隣に座ったフランカが口を開いた。彼女も国の中枢を担う公爵家の娘で、ルチアより一歳年下だった。

「そういえば、昨日の典礼にリカルド様がいらしたわね」

「やはりリカルド様よね？　見違えたわ。あなたも見たでしょ、ルチア」

ね、と微笑むのは、侯爵家の娘のカーラだ。彼女の家は日曜日の典礼の際、ルチアの近くに座る。一歳年上の彼女は、先日正式に他国の大使と婚約の手続きをとったばかりだ。

「リカルド？　どこの？」

ルチアはわざとそう返す。フランカは大げさなくらい驚いた顔をした。

「まあ、ルチアが忘れるなんて！」

「トライアーノ家のリカルド様よ。あんなに仲がよかったじゃないの」

カーラのたしなめるような口調が気まずくて、ルチアは俯いた。

「仲よくなんかなかったわ」

ルチアとリカルドは、公爵家に生まれた同い年の子女ということで、幼い頃はそれなりに会う機会も多かった。

だがそれと、仲がよいかどうかは別問題だ。

「あのリカルド様がいらしたんですか？」

リオネッラがフランカに尋ねる。気心が知れているとはいえ、ルチアの友人たちとの会話に彼女が口を挟むのは珍しいことだ。

「ええ、修道士になられていたの。相変わらず素敵だったわ」

ね、とカーラがフランカに言う。フランカは大きく頷いた。

「素敵、ね……。まあ、確かに格好悪くはなかったわよ」

ルチアは小さな声で言い、フリッテッレを口に入れた。甘くておいしいはずなのに味がよく分からなかったのは、きっとリカルドのせいだ。

リカルドは幼い頃から整った顔立ちをしていたが、どちらかといえば中性的でかわいらしいタイプだった。それがほんの数年で、あんなに凛々《りり》しくなると思わなかった。

でも外見がよくたって、中身はきっと昔のままに違いない。そう考えたらため息が出る。

「私もお会いしたかったですわ。今でも優しい方なんでしょうね」

リオネッラがルチアに微笑む。

「優しい？　リカルドのどこが優しいの」

「彼は優しかったわ。ねぇ、カーラ」

フランカに言われたカーラが相槌《あいづち》を打つ。確かに、この二人にはリカルドは優しかったのかもしれない。

だけど彼がルチアに優しいことはなかった。特に十歳を過ぎた頃からは、いつも注意ばかりされていた気がする。

リカルドは、親が禁じたことには決して手を出さない真面目な性格だった。子供の頃、ルチアが木に登っていたら、そんなことは女の子がしちゃだめだと咎《とが》められたことをよく覚えている。

別荘の近くにある農園でぶどう踏みをした時もそうだった。裸足《はだし》でぶどうを踏んでいたら、怒った顔をしたリカルドに桶《おけ》から引っ張り出されてしまった。

はしゃいだ空気に水を差す性格は、変わっていないのだろうか。きっとそのままだろうなと、昨日の典礼で見かけた姿を頭に浮かべて思う。禁欲的な服装がよく似合っていた。

もっとも、リカルドがどうなっていようと、ルチアには関係がないことだ。

「でもどうして修道士になったのかしら」

「ルチアは何も聞いてないの？」

フランカとカーラの目が好奇心を隠さずにルチアへ向けられた。

「知らないわ。お父様からもあちらの話は聞いてない」

ルチアとリカルドの家の関係には数年前から亀裂《きれつ》が入っていた。父親同士が議会で対立したことが原因と聞いている。ファリエール家もトライアーノ家もネッビアの元首《ドージェ》を輩出している名門貴族なだけに、関係修復を望まれているのだとルチアの耳にすら入ってくる状況だが、父は決して譲らなかった。きっとトライアーノ家も同じ状況だろう。

両家の諍《いさか》いのせいで、ルチアがリカルドと顔を合わせる機会は激減した。ちょうど年齢的にも遊び方が男女で分かれる時期だったから、接触せずに過ごしてきたのだ。

「トライアーノ家の話は私も聞かないわ」

「うちも。そういうおうちよね」

友達二人の会話に苦笑する。

社交的で賑やかなことを好むファリエール家と違い、トライアーノ家は質実剛健をよしとしている。饗宴を催すことも少なければ、出席する回数も多くはなかった。

「リカルド様がネッビアを出てから、二年くらい経《た》つのかしら」

「そんなに経つのね……」

フランカがしみじみと呟《つぶや》く。

両家の仲たがいによりルチアがリカルドと顔を合わせないのが当たり前になっていた二年前、リカルドはネッビアを出ていった。神学校に入学するためだと人づてに聞いた。家督を継げぬ次男で、信心深く古風な彼らしい選択だと思った。

ネッビアの貴族において、結婚できる男はほぼ長男のみだ。子供が増えると財産が分割されるという理由で、次男以降が結婚する例はごく稀《まれ》であり、大半は独身で生涯を終える。ファリエール家でも長兄は結婚しているが、次兄は未婚だった。

「あの噂は本当なの？」

フランカが身を乗り出して声をひそめた。

リカルドが国を出てすぐ、ルチアはパーティーで意外な噂を耳にした。リカルドが好きな相手との結婚を望んだがかなわず、家を飛び出したというものだ。

「まさか。リカルドがそんなことはしないでしょう」

ルチアは思わず大きめの声で否定した。

そんな情熱的なことをリカルドがするはずがない。ルチアにとって、リカルドはそんな熱い男ではなかった。真面目で融通がきかず、物静かな少年のイメージがまだ残っている。たぶん誰かの勝手な推測が噂となって広まってしまったのだろう。

トライアーノ家自体、社交界との繋がりを積極的に持たないため、貴族の中では少し浮いている。そのせいでいろんな噂を流されているのだ。あまり噂のたぐいに興味のないルチアにまで届くのだから、国内ではかなり色々と言われてしまっている。

「そうかな、分からないわよ。彼も身を焦がす恋をしたのかも」

うっとりした口調でフランカが言った。ルチアはカーラと視線を合わせて笑ってしまった。

身を焦がすような恋。それがどんなものなのか、ここにいる三人とも知らない。

「そういえば、ジョルジョ様の話を聞いた？」

カーラが話題を変えた。ジョルジョはトライアーノ家の長男だ。弟のリカルドより五歳年上の彼は子供の頃から体が弱く、人前に出ることは少ない。後継ぎとはいえ、父について議会に顔を出すこともないらしい。

「何かあったの？」

噂話が好きなフランカは興味津々だ。ルチアはリオネッラが三角形に切り分けたドライフィグのクロスタータに手を伸ばす。

「ご婚約を正式に破棄されたわ」

「その噂は聞いたけど、事実なのね……」

ジョルジョは伯爵家の三女と婚約していたのだが、それが破棄されそうだと聞いていた。その理由についての憶測は、決していいものばかりではない。

もしかしてリカルドが戻ってきたことも何か関係があるのだろうか。そんなことを考えながら、クロスタータを口にいれる。ドライフィグのつぶつぶした食感とよく焼いたタルト生地がおいしい。

「そういえば、アンナの結婚式はもう来月ね」

ルチアが大好物を味わっている間に、話題はすっかり変わっていた。

カーラが口にしたのは、ルチアの親友の名前だ。よくこのバルコニーにも遊びに来てくれた彼女は、結婚式を控えて忙しそうだ。

幼い頃から仲がよかったアンナの結婚式と饗宴にはもちろん招待されている。国内の貴族が集まる、大規模なものになるだろう。

「あなたの結婚式だってもうすぐよ」

フランカに言われたカーラがそうかしら、と首をひねる。

「私よりフランカが先じゃない？」

フランカにも婚約者がいる。婚約の手続きに入れば結婚まではあっというまだろう。

「もしかしたらルチアかもよ」

フランカが微笑んだ。

「……まさか」

ルチアはカップに口をつけた。ルチアは今年、十七歳になる。年の近い友人たちはこの一年間でほぼ結婚するか、正式に婚約の手続きをとっていた。

もうすでに子供を身籠《みご》もっている友人もいる。幸せそうなその姿を見て、羨《うらや》ましいと思わないはずがなかった。

姉たちも十七歳で結婚している。相手は国内の貴族と、裕福な商人、そして他国の貴族だ。はたして父が選ぶのはどんな人だろうか。

「ルチアはどんな方が好きなの？」

カーラに問われ、ルチアは答えに困った。

「……分からない」

結婚について、ルチアは何も選べない。結婚すれば今以上に自由がなくなることもちゃんと分かっている。それは寂しいけれど、貴族の娘としてはしょうがないという諦《あきら》めがあった。

それよりも、ルチアには結婚を前にしてどうしても経験しておきたいことがあった。それは簡単なようで、でもとても難しい――恋をすること、だった。

ルチアはまだ、恋を知らない。誰かを好きになるという感情を、家族にしか向けていなかった。それも当然だ。ルチアには異性と知りあう機会がないのだから。

一人で歩くことも許されない日々はこれからも続く。でも、とルチアは心の中で続ける。もうすぐきっと、恋ができる。ルチアはただそう信じていた。

「――ごちそうさま。今日は失礼するわ」

大運河がオレンジ色の光をまとう頃、フランカとカーラが立ち上がる。楽しい時間の終わりだ。

「エンリケが来てるの」

運河を見下ろす。フランカの家の紋章がついたゴンドラに、彼女の家の使用人であるエンリケが乗っていた。精悍《せいかん》な顔つきをした十歳年上の男性で、フランカは幼い頃から彼に憧《あこが》れていた。だから今も、彼を見る目が優しい。

「また来てね」

「ええ、また」

すっかり気持ちをエンリケに向けているフランカを見送る。エンリケは丁寧に礼をして帰っていった。

ゴンドラに座れば二人だけの世界だ。貴族の娘と使用人という、決して結ばれない二人。それでもフランカが羨ましくなってしまう。彼女は恋を知っているから。

「私も失礼するわね。ルチア、また来週」

カーラの家はかなり自由な家なので、ゴンドラにはゴンドリエーレが乗っているだけだった。帰っていく二人を見送り、ため息をひとつついてから、自分の部屋へと戻った。

楽しい一日が終わってしまう。夕陽《ゆうひ》をぼんやりと眺めていると、片付けを終えたリオネッラが部屋に入ってきた。

「ねぇ、例のこと、だけど」

周囲に自分たちしかいないのを確認し、さらに声をひそめる。

「ええ、なんでしょう？」

リオネッラも声を小さくした。

「準備はできた？」

「もちろんです」

「よかった。……楽しみね」

明後日《あさって》から、この国における最大の祭りが行われる。それが謝肉祭《カルネヴァーレ》だ。

復活祭《パスクア》前日までの四十六日間は四旬節《クァレージマ》といい、この期間は肉を食べてはいけない。その直前に行われるのが、謝肉祭だ。今年の謝肉祭は明後日から二週間、行われる。この間、セッラーノ大広場を始めとした国全体が、お祭り騒ぎになるのだ。

子供の頃から、昼間の大広場へは連れていってもらっている。そこにあるのは、別世界のような不思議な時間だった。肉の香ばしさと菓子の甘さ、ヴィーノの華やかさが混ざりあった香りが広場を満たし、人々は仮面をつけて歌い踊っている。あまりの光景に、ルチアははしゃぐのも忘れた。ただその、非現実な光景を眺めるだけだった。

それからいつも、謝肉祭の時には大広場を訪れている。だが成長するにつれ、ルチアは周りから、謝肉祭が最も盛り上がるのは夜だと聞くようになった。

大人たちが顔を隠して仮面で舞い踊る。そこではいろんな出会いがある、らしい。

ルチアと仲がよかった侍女の一人は、謝肉祭で知りあった男と結婚した。今は夫のガラス工房を手伝うために、小島に移り住んでいる。

もうすぐ結婚するアンナも、去年の大広場で抱きしめられた仮面の男と恋に落ちた。相手は大広場近くの商館に通う異国の商人だった。

そこで二人に何があったのか、アンナは詳しくは教えてくれなかった。ただ幸せだったとだけ、頬《ほお》を染めて言っていた。それから一年、たまに大広場ですれ違う時や饗宴で会う時に話をしているのを見かける。その時のアンナが見せる熱のこもった目が、きっと恋する目というものなのだろう。たぶん。——それがとても、羨ましかった。

カーラも去年、仮面の男と夜を過ごしたらしい。フランカが質問攻めをしてもはぐらかしたそうだけど、後でこっそり、一晩を過ごしたと教えてくれた。相手は国内有数の商人で、それからもたまに会っているらしい。

毎日ずっと繰り返されている退屈な日常の中で、周りが恋を知っていく。置いていかれたルチアは、自分の中にあるもどかしさを昇華できずにいた。

自分だって、甘く切ない恋を経験してみたい。歌劇に出てくるような恋を知るまで、結婚はしたくない。

だからルチアは決めた。謝肉祭の夜、大広場へ行こうと。それも家族とではなく、リオネッラと二人で。

この一ヵ月はひっそりとその準備をしている。もちろん、父にも母にも秘密の計画だ。

いよいよ近づくその夜を前に、ルチアの胸は高鳴るばかりだった。

謝肉祭が始まる夜、ルチアは体調が悪いと嘘《うそ》をつき、夕食をとらずに部屋へ引き上げた。眠りについたふりをして、蠟燭を消して時が来るのを待つ。

窓際で目を凝らす。ゴンドラに乗って父と母が出かける姿を確認した。きっと貴族専用の賭博場《カジーノ》に行くのだろう。ルチアの次兄も毎日通っていると聞く。

とにかく、これで今、家の中にいるのはルチアだけだ。月明かりを頼りに、部屋を出る。少しして、燭台を手にしたリオネッラが静かにやってきた。

目が合うと二人ともなんだかおかしくて笑いだしたくなる。リオネッラを寝室に招き入れ、ルチアはドアを閉めた。

「ルチア様はまずこれを」

リオネッラに差し出された衣服を手に、部屋の隅にある衝立《ついたて》に移動した。ここはいつも、ルチアが着替える場所だ。必要なものはすべて揃っている。

夜着のローブを脱ぐ。かぶるタイプの上着に、ふくらみの少ないスカートが新鮮だ。父が誕生日祝いに買ってくれた大きな姿見の中に、見慣れない自分がいる。とにかく身動きしやすい服に驚きながら、仮面をかぶってみた。

リオネッラに用意してもらったのは、表面にガラス玉を埋め込んだ女性用の仮面だ。貴族の娘がするとされる、咥《くわ》えて喋れなくなってしまうタイプではなく、ただ顔を覆う形にした。これなら声はくぐもるけれどちゃんと喋れる。

小さな穴から見える視界は、思ったほど狭くない。ちゃんと歩けそうだ。

「いかがですか？」

顔を出したリオネッラの前で、一回転して見せた。

「これでいいかしら」

「ええ、素敵です」

リオネッラはまるで少年のような服装をして、大きめの仮面を手にしていた。ルチアを見て大きく頷く。

「仮面をつけたら行きましょう」

「ええ」

鏡の前で仮面をつける。落ちないようにきっちり髪に留《と》めてから、リオネッラに続いて部屋を出た。

足音を立てないように、廊下を歩く。

「ルチア様、こちらです」

リオネッラに手を引かれ、普段は通らない場所を歩く。使用人たちも今日から交代で休みをとっているため、誰とも会わずに裏口までたどりつけた。

「どきどきするわ」

石畳の上に足を置いた瞬間、とくん、と心臓がはねた。こんな時間に、両親以外と外に出るのは初めてだ。

「楽しみましょうね」

「もちろん」

外は思ったよりも冷えていた。リオネッラと二人、広場の方向へと向かう。家の近くの道を歩くのは久しぶりで新鮮だ。細く入り組んだ道は、一本間違えただけでも景色が変わってしまう。

やがてどこからか、賑やかな音楽が聞こえてきた。小路《こみち》から出てくるのは、仮面をした男女だ。すれ違う人はいない。みんな同じ方向に向かって歩いている。誰もが目指すのはセッラーノ大広場だ。

音が大きくなるにつれ、狭い小路に露店が並ぶようになった。甘く香ばしいにおいの正体はなんだろう？　色のついた飲み物は？　気になるものばかりだ。

色とりどりの仮面を並べた店があった角を曲がると、夜ではないくらい明るくて目を見張った。

「うわぁ」

思わず声が出る。それも当然だ。そこは宝石箱をひっくりかえしたみたいにきらきらと輝いていた。

セッラーノ大広場に、こんなにたくさんの人がいるのを初めて見た。

仮装した人々が歌い踊っている。さっきからずっと聞こえていた音楽の正体は、広場の一角で楽器を手にした人々が奏でていたものだった。

「すごい……」

広場に面した建物は、どれも過剰なほど飾り立てられている。色が洪水を起こしていた。昼間よりも明るくてまぶしい。こんな夜があるなんて知らなかった。

「ルチア様、こっちです」

立ち止まっていたルチアの手をリオネッラが引いた。

いつもの大広場とはまるで違う。仮面の人々がまとう衣装はきらびやかだ。漆黒のマントをつけた人もいるが、その布の質で貴族だと分かった。

大広場の隅には板で造られた舞台があり、そこでは道化師が笛を奏で踊っている。周りでは仮面の人々が拍手をしていた。ルチアも一緒になって手を叩《たた》き、道化師の踊る姿に笑った。

ほんの数歩先では、別の道化師が弦楽に合わせて踊っている。さまざまな方向からたくさんの音が混ざりあっているのに、決して不快ではなかった。

「ねぇ、喉《のど》が渇いたの。何か買ってきていい？」

横にいるリオネッラの袖《そで》を引っ張る。

「ええ。蜂蜜酒《はちみつしゅ》はどうです？」

「そうね。どこがいいかな？」

大広場にはたくさんの店が出ている。リオネッラと見て回った結果、柱を囲むようにしてグラスの並んだ露店にした。そこで蜂蜜酒を頼む。

こうして何かを買う機会はあまりない。特に最近は、一人での外出もままならなかった。

大切に持っていたコインで支払いをし、おつりとグラスを受け取る。仮面をほんの少しずらして、口に含んだ。

「おいしい」

歩きながらグラスを満たす蜂蜜酒を飲む。ここではこんなことをしても、行儀が悪いと叱られない。

大広場を半周して、道化師のいる舞台に戻ってきた。ちょうど区切りのいいところだったのか、拍手がひときわ大きくなる。

道化師が舞台から下り、ルチアの前で帽子を脱いで一礼をした。ルチアは持っていたおつりのコインを帽子に投げ入れた。

飲み干したグラスはどうしたらいいんだろう。

「ねぇ、これはどうしたらいいの……？」

隣に話しかけようとして、ルチアはリオネッラの姿がないことに気がついた。

彼女の仮面と服装を探して周りを見る。いない。

「うわっ」

勢いよく歩いてきた人が、ルチアの手にぶつかった。そっと後ずさったら、背中が誰かに当たる。

どちらを向いても、人にぶつかってしまう。ルチアはグラスを片手に必死でリオネッラの姿を探した。

「リオネッラ、どこにいるの？」

急に不安が押し寄せてきた。すれ違う仮面の無表情さがひどく恐ろしい。まばゆさがこんなにも落ち着かないものだなんて知らなかった。

ルチアは必死でリオネッラを探した。きっと彼女もルチアを探しているはずだ。彼女が身につけていた少年のような服に似た色を見つけて近づくが、仮面が違った。

どん、と背中に何かが当たる。足取りも怪しい酔った男と、金色の髪で背の高いドレスを着た女が体を密着させていた。男は女のドレスの胸元に手を入れ、女もそれを許してしなだれかかる。

見てはいけないものを見てしまった。ルチアは二人に背を向けた。だが気がつけば周りは似たような男女が増えている。仮面越しでも視線を感じて、ルチアは全身に走る震えを止められなかった。知らないところに紛れ込んでしまった恐怖に足がすくむ。

もう帰ろう。よく知る大広場だから、一人でもたぶん帰れるはずだ。

ルチアは大聖堂と鐘楼の位置を確認した。それから人波をかきわけて、自宅の方向に向かう。

大広場を出てすぐの角を曲がる。一本入っただけなのに、誰もいない。喧騒がやけに遠く感じた。

心細さをごまかしたくて、ルチアは一度深く息を吐いた。とにかく帰ろう。謝肉祭の夜は想像していたような夢の世界とは違い、生々しくて刺激が強すぎた。

家の方向に向けて歩きだす。少し進んだところで、道が分かれた。どちらから来ただろうか。大広場との位置を考え、ルチアは右の道を選んだ。

「……？」

暗闇の中で目を凝らす。この道でいいのだろうか。道を歩いている人は少ないが、建物からは人の気配がする。

迷いつつも歩き進めていたルチアだが、急に腕を引っ張られて前のめりになった。

「ひゃっ」

腕を摑《つか》む強い力に振り返ると、くちばしの長い鳥の顔のような仮面がすぐそばにあった。

「な、なに……？」

見上げるような体格だから、相手は男だろう。

「こっちに来い」

「いや、放して」

腕を振り払おうとしたが、強い力に逆らえない。もがくルチアの手を軽々と片手で押さえ込むと、男はルチアの仮面に手を伸ばした。

「いやっ」

仮面が弾《はじ》き飛ばされ、顔に夜風が当たる。粗暴な仕草に固まったルチアの腕を男が壁際に押しつけた。

「へぇ、上玉だな」

「いやっ」

不気味な鳥の面から逃れようと左右に身をよじる。かいだことのないにおいがして眉根を寄せた。

誰かにこんな乱暴な扱いをされたのは初めてだ。

「うるせぇぞ。ま、声が大きい女は嫌いじゃねぇが」

仮面越しとはいえ、舐《な》めるような視線を感じる。怯《おび》えのあまり体が丸まってしまう。男の手が首筋に触れる。湿った感触に全身の毛が逆立つ。

「放してっ」

ルチアの抵抗は、あっさりと片手で封じられた。

「よく啼《な》いてくれそうだ」

「ひっ……」

スカートの裾をたくし上げられ、太ももまであらわになる。そんな場所を、知らない男に晒《さら》したのは初めてだ。

恥ずかしさと、屈辱に涙が滲《にじ》む。なんでこんなことをされているのか。

暴漢に襲われているのだ。やっと自分の状況を理解して、ルチアは惑乱した。

「やめっ……いやっ！」

男の手が太ももを這《は》う。撫《な》でまわす手つきに鳥肌が立つ。身をよじって必死で逃げようとしたけれど、男はびくともしなかった。

「いやっ」

必死で絞り出した声は震え、大広場から聞こえる声にかき消された。

こんなことを望んだわけじゃない。ルチアの目の奥が熱くなる。自分の夢がこんな最悪の形で打ち砕かれるのはいやだ。

どうにかして逃げられないか、涙目になって考えていたその時、だった。

「何をしている」

低い声が路地に響いた。男が声の方向に顔を向ける。

暗闇に紛れるようにして、仮面をつけた騎士が立っていた。全身黒ずくめで、肩からは

マントを身につけている。手にしているのは銀色の剣だった。歌劇で見るような古めかしい姿だ。

「見りゃ分かるだろ。お楽しみの邪魔をするなよ」

月明かりに照らされた鳥の面が、笑ったように見えて不気味だ。

「彼女から離れろ」

騎士がゆっくりと近づいてくる。

「は？　誰に命令してんだ」

男はルチアの右手首を摑んで壁に押しつけたまま、騎士に向き直った。

「離れろ」

「お前がどこか行けばいい話だろ。お楽しみの邪魔をすんなよ」

ヒュッ、とすぐ近くで、空気を切り裂く音がした。何が起こったのか分からず固まるルチアの前に、はらり、と何かが落ちてきた。

それは鳥の面をつけた男が、後ろで束ねていた髪の毛だった。

「——貴様……！」

ルチアから手を放した男が、騎士に向かって身につけていた短剣を抜く。だがそれを抜くより先に、仮面の騎士は暴漢の喉元に剣を突きつけていた。夜の闇の中でもその輝きははっきりと見てとれる。

「動くな」

ルチアは息を呑んだ。鋭い声から迸《ほとばし》る怒気で空気が震えている。

「死にたくなければここから消えろ」

低い声が命じる。舌打ちした暴漢は、震えるルチアを見ることもなく、足早に立ち去った。

「大丈夫か」

仮面の騎士に見下ろされる。表情は読めないけれど、彼が自分を助けてくれたということだけははっきり分かった。

「……ありがとうございました」

「礼はいい。とにかく来い」

騎士はルチアの腕をとった。大きな手がルチアを引っ張る。力強くて、だけど暴漢のようないやらしさはなかった。

「でも、……」

「とにかく、ここにいてはいけない」

彼は迷うことなく小路を進んだ。その速さと闇のせいで、すぐにルチアは自分がどこにいるのか分からなくなった。行き止まりのない一本道が続く。

どれだけ歩いただろう。広場に近くなってきたのか、賑やかな音楽が聞こえ人の姿も増えはじめた。

「もう大丈夫だ」

騎士の手が離れる。それを名残惜しく思うことに気がついて、ルチアは自分がどれだけ彼を頼っていたかを認識した。

「ありがとうございました」

改めて礼を言う。この人がいなければ自分がどんな目にあっていたか、考えるのもおぞましい。

「どうして一人で歩いていた」

仮面越しに聞く声は、ひどくくぐもっていて聞きとりにくかった。

「……友達とはぐれてしまって」

正直にそう告げると、ため息が返ってきた。

「あれは娼館《しょうかん》に向かう道だ。お前も間違えられたのだろう」

「娼館……？」

大きな橋の向こうは、大人の男だけが行ける場所だと聞いたことがある。そこにはルチアのような金色の髪をした女の人がいっぱいいて、男性を楽しませる仕事をしているのだと。街中で見かける背の高い金髪の女性がそうだと、教えてくれたのは確かカーラだ。

「そうだ」

そんな方向に進んでいたなんて思わなかった。ルチアは自分の体から血の気が引くのを感じた。同時に疑問も湧《わ》いてくる。

「あなたも行くところだったの？」

「違う」

すぐに強く否定されて、なんだかほっとする。

「今夜は素顔だと目立つな。……そうだ、こっちへ」

騎士はルチアの手を引いて小路に入ると、仮面を売る露店へと近づいていった。店番をしていた老婆に話しかけ、仮面を手にとる。何枚かを見比べた後、一枚と引き替えに金貨を渡すのが目に入った。

「これをつけていろ」

ルチアに渡された仮面は、細かな装飾が施された、女性用の仮面だった。ルチアはおとなしくその仮面をつけてみる。

「……曲がっている」

伸びてきた手を、ルチアは怖いと思わなかった。仮面の位置が直され、髪を軽く撫でられる。その瞬間、何かよく分からないものが、ルチアの胸を疼《うず》かせた。じっとしているのに頬のあたりが熱くなってくる。

「友達が見つかるといいな」

「いいの。もう帰るわ」

ルチアは首を振った。これから大広場に戻っても、リオネッラが見つかるとは思えない。歩き回る危険よりも、戻る選択肢が現実的だ。

「助けてくれてありがとう」

ルチアは頭を下げる。少しして顔を上げた瞬間、足元がふらついた。

「おい、大丈夫か」

「え、ええ」

倒れそうになった体を支えられる。今頃になって足が震えてきた。自分がどれだけ危険な状態だったのか、やっと体が理解したみたいだ。

その場に座り込んでしまいそうになるのをこらえ、足に力を入れる。背中に回された騎士の手にもたれてしまったら、もう立っていられなくなる気がした。

「ここからの帰り道は分かっているか」

問いかけられ、ルチアは周りを見まわした。

「……ここはどこかしら？」

喧騒が聞こえていて、目の前を通る人がいるのだから、大広場の近くだろう。たぶん大きな橋に向かう道にいるのだと思うが、それ以上は分からない。

大広場に戻ったほうがよさそうだ。ルチアが必死で考えていると、すぐそばでため息が聞こえた。

「送っていく。ついてこい」

有無を言わさぬ口調で、腰を引き寄せられた。驚いて固まるルチアの前を、仮面の男たちが連れ立って歩いていく。仮面越しにすら視線がまとわりついてくる。

「しばらく俺から離れるな」

ルチアは黙って頷いた。とにかくここで一人になるのは危ない。騎士のマントに隠れるようにすると、なぜか口笛を吹かれた。

「こっちだ」

言われるまま、狭い小路に入っていく。たぶん一人だと通るのをためらうような場所だが、ルチアは腰に置かれたままの騎士の手を信じた。

顔も知らない人だけど、彼といれば大丈夫。助けてくれたからだけでなく、本能がそう告げている。

静かに歩いているうちに、水のにおいがしてきた。くねくねした小路の角を曲がる。目の前は驚くほど真っ黒だ。流れる水音がここをどこか教えてくれる。これは運河だ。

一体ここで何をするつもりなのかと目を凝らした時、ゆっくりとやってくる黒い塊に気がついた。

「あれは……」

仮面をかぶったゴンドリエーレがいなければ、ゴンドラだと判別できなかっただろう。闇になじむゴンドラは、まるでこの世のものではないかのようだ。貴族の葬儀で使う、棺《ひつぎ》を運ぶ特別なゴンドラに似ている。

公共の乗り場ではない場所に、ゴンドラが横づけされた。騎士が先に乗り込む。差し伸べられた手があまりに自然で、ルチアは疑うことなくその手をとっていた。

そろりと乗せた足を受け止めても、ゴンドラはびくともしない。その頑丈さに安心して、ルチアはゴンドラに乗り込むとその場に腰を下ろした。騎士もまたルチアの隣に座る。ふわりと、バラのような、華やかな香りがした。

香水はとても高価なものだ。男性でつけているのは貴族に多い。きっとこの彼も、貴族なのだろう。それにしては、ゴンドラに紋章も何もついていないけれど。今夜のために用意したと考えると、それなりの家のはずだ。

彼は誰だろう。ルチアは横にいる彼のことを考える。この国の貴族ならばほぼ顔見知りだ。その中の誰かか、それとも他国から来た貴族か。

なんの前触れもなく、ゴンドラが動きだした。静かに闇へと進んでいく。すれ違うゴンドラもないまま、橋をくぐったところで、目の前が明るくなった。

ルチアは息を吞んだ。正面に丸くて綺麗な月が見える。大運河に出たのだ。

「お前の家は、……どこ、だ」

それまで黙っていた騎士が口を開いた。

ルチアは答えに迷った。いくら自分を助けてくれたとはいえ、名前はおろか顔さえ知らない人だ。家を知られるのはよくない気がする。

ルチアは身につけていた服をぎゅっと握った。

親切に失礼で返すことはできない。

迷った末、ルチアは邸宅《パラッツィオ》の近くにある、公共のゴンドラの乗り場で降ろしてもらうことにした。もし何か聞かれたら、ファリエール家で働く侍女とでも答えよう。

公共の乗り場の場所を告げると、彼はそれをゴンドリエーレに伝えた。月明かりのおかげか、闇に溶け込んでいたゴンドラがよく見える。紋章の部分にはどうやら布がかけられているようだ。

ルチアはちらりと横を見た。騎士のまとう黒装束が艶《あで》やかに見える。

家族以外の男性と、こんな風に密着するのは初めてだ。月夜に二人でゴンドラに揺られるなんて、まるで夢のよう。

うっとりと月を見上げる。謝肉祭の冒険は意外な形でルチアが望んだ方向に進んでくれた。

このままこの時間が続けばいい。そう願っても、目の前にファリエール家の建物が見えてくる。

ファリエール家を通りすぎてすぐ、簡素な公共の乗り場にゴンドラが寄せられた。

「ここでいいか」

「ええ。……この小路の奥に住んでいるわ」

聞かれてもいないのにルチアはそう言った。立ち上がった彼はルチアの手をとると、ゴンドラから降りるように先導した。

陸に足を乗せる。てっきり一緒に降りてくると思ったのに、彼はゴンドラの中にいる。

ここでお別れだ。そう気がついたら、ルチアはたまらず聞いていた。

「あなたはどこに住んでいるの？」

答える様子のない彼に、ルチアは焦った。ここで別れたら、もう二度と彼に会えない気がする。それはいやだ。きちんとお礼がしたい。

「また会えるかしら。お礼がしたいの」

「……結構だ」

背中を向けた彼のマントを、咄嗟《とっさ》に掴んでいた。

「お願い。お礼をさせて」

はぁ、と聞こえたのはため息だろうか。背を向けた彼が言った。

「次の日曜日、ここへ来る」

まだ謝肉祭の期間中だ。ルチアは心音がはね上がるのを感じた。

「ここで待ってて！　約束よ！」

思っていたよりも声が大きく響いてしまった。こちらを見た騎士の仮面が、月明かりに照らされる。

「……分かった。もう遅い、早く行け」

ルチアはマントから手を放した。約束はできたのだから、しつこくするのは迷惑だろう。

「ありがとう。あなたの親切を忘れないわ」

頭を下げてから、ゴンドラに背を向ける。仮面を外した瞬間、顔に当たる風の冷たさに驚いた。

そのまま小走りに自宅へ向かう。彼はきっと見守っていてくれる、そんな予感がした。

静まり返った邸宅前に着いたルチアは、ゴンドラ乗り場を確認した。残っているゴンドラは数少ない。ゴンドリエーレ用の出入口の開け方は、リオネッラに教えてもらっていた。

そっと扉を開け、中を見る。誰もいないのを確認してから、水と油のにおいが強い作業場を通り、邸宅の内側に入った。

謝肉祭の夜、使用人の姿は少ない。とはいえ見張りはいるはずなので、ルチアは急いで自分の部屋に向かった。

暗くて少し先も見えない中、音を立てずになんとかやっと部屋に戻る。すぐに窓辺に向かったルチアは、外を見た。目を凝らしても、ゴンドラの姿は見つけられなかった。もう帰ってしまったのだろうか。

持っていた仮面を両手で持つ。彼が買ってくれた仮面だ。衝動に駆られてルチアは抱きしめた。

暴漢に襲われ、助けてくれた彼とゴンドラに乗る。憧れていた歌劇のような体験をしたせいで、身も心も落ち着かない。勝手に歌が口から飛び出してくる。

そのままどれだけ過ごしていただろう。不意にノックもなく部屋のドアが開いた。リオネッラだった。彼女はルチアの姿を見つけるなり、その場で両手で顔を覆って膝《ひざ》をついた。

「ああ、よかった……」

ルチアは慌ててリオネッラに駆け寄った。触れた彼女の体は冷えきっている。

「ごめんなさい、怖くなって帰ってきたの」

「それでいいんです、無事に帰られていてよかった。探しても見つからなくて、不安で……」

涙混じりの声で訴えられて、ルチアは浮かれていた自分を恥じた。もし自分の身に何かあったら、リオネッラが責められてしまう。

「ごめんなさい。はぐれてしまって、どうしていいか分からなくなって」

リオネッラが顔を上げた。彼女の瞳には涙が浮かんでいる。申し訳なさにルチアが項垂《うなだ》れていると、明るい声がかけられた。

「はぐれた時のために、待ちあわせ場所を決めておく必要がありましたね」

一息ついたリオネッラが立ち上がった。

「楽しかったですか？」

「ええ、とても。素敵なこともあったの」

ルチアは手にしたままの仮面をリオネッラに見せた。あら、と声を上げた彼女が笑顔になる。

「明日、ゆっくり教えてください。そろそろ皆さんが戻られますから、お休みの準備を」

「そうね。あとは自分でやるから大丈夫よ。おやすみなさい」

リオネッラが部屋を出ていく。ルチアは窓際に椅子を置き、彼が買ってくれた仮面を手に、窓の外を眺めた。

やがてゴンドラが近づいてきた。父と母が帰ってきたようだ。ルチアは窓際から離れると、仮面を手に寝台に腰かけた。

助けてくれた彼の声が、ルチアの腕を摑んだ力強い指先が、腰に回された手が、この体には残っている気がする。

ルチアは眠らず、ただずっと、朝が来るまでそこで仮面を眺めていた。


「すごく素敵だったの。夢みたいだったわ」

「本当に夢だったんじゃないの？」

辛辣《しんらつ》なことを言い放ったのは、親友のアンナだった。伯爵家の長女で、来月に結婚を控えている。結婚式の話がしたいと彼女が言ったので、ルチアはフランカとカーラも呼んでいた。

お茶とお菓子に囲まれる中、ルチアはまず昨日の話をした。それを聞いたアンナの第一声が疑うものだったので、ルチアは口をとがらせる。

「違うわ、だって彼がくれた仮面があるもの」

ほら、と昨日買ってもらった仮面を見せる。光を浴びると、石がきらきらと輝いていた。

「リオネッラが買ってくれたものと違うでしょ？」

「はい、違います」

お菓子の切り分けを終えたリオネッラが仮面を見て首を横に振る。

「ねぇ、見せて」

フランカが仮面に手を伸ばしてくる。だがルチアはそれを反射的に拒んでしまった。驚いた顔をしたフランカだったが、すぐ目を細めて笑ってくれた。

「大切なのね、それ」

どうやらフランカはルチアの話を信じてくれたようだ。

「それにしても、ルチアが一人でそんなことするなんて意外だわ」

「私だってもう、子供じゃないんだから」

ルチアはそう言い返した。一晩の冒険が、ルチアの気持ちを大きくしていた。

「でも変よ。カーニバルの夜に小路で二人きりだったんでしょう？　あとはゴンドラでも。それでルチアに触れないのはどうして？」

そう言ったアンナは、昨年の謝肉祭で異国の商人と恋に落ちている。彼女の言い方から、二人がその先へと進んだのは明らかだ。

「……そんなの、分からないわ」

冷静に考えてみれば、ゴンドラの上ならルチアは逃げられない。襲われても抵抗はできなかっただろう。

だけど彼はそうしなかった。それはつまり、自分には魅力がなかったということだろうか？

悲しい想像だ。手にしていた仮面を持つ手に力がこもる。

「まあまあ、ルチアに素敵な出会いがあったでいいじゃないの。あなたは言いすぎよ」

カーラが優しくアンナをたしなめる。

「そうね。……その素敵な方と、また会えるといいわね」

フランカも同意してくれた。アンナはお茶を飲もうとした手を止めて、ごめんなさい、と素直に言った。

「ちょっと結婚式のことでいらいらしていて、やつあたりしたわ」

「何かあったの？」

カーラが優しく問う。アンナは結婚相手の母親と相性が悪く、結婚式の希望をことごとく否定されているのだと肩を落とした。

「分かるわ、うちもなの」

それまで微笑んでいたカーラが表情を曇らせる。二人の悩みはまだ遠いところにあって、ルチアは口を挟めない。

ルチアは仮面をそっと撫でた。彼は絶対に約束を守る。根拠もなくただそう、信じていた。

謝肉祭中であっても、日曜日は静寂が戻ってくる。

ルチアは両親と共に、大聖堂での典礼に参加していた。厳かで、退屈な時間はゆっくりと流れる。

見られている。その間中、ルチアは誰かからの視線を感じていた。

その感覚は気分がいいものではなかった。典礼が終わってもすぐ立ち上がる気分になれない。

今日は彼との約束の日だ。また会えると思うとじっとしていられない気持ちになる。お礼用にと、ルチアは自分が唯一作れる菓子を準備していた。

「行くぞ」

先に行く父を追いかけようとしたその時、さらに強い視線を感じて、ルチアは振り返った。

「あっ……」

リカルドがいた。黒装束に十字架を身につけた彼が、すぐそばに立っている。

「…………」

彼が何か言った。

唇の動きだけで、伝わってくる。たぶん『ルチア』と呼んだのだ。

脳内で再生されるのは、まだ子供っぽさが残る高い声。――あの時なら、名前を呼ばれたら素直に答えることができた。

でも家同士が仲たがいしている今は、無理だ。

こちらへ歩いてくる彼に背を向け、ルチアは出口へと急ぐ。

リカルドが空気を読まないことは筋金入りだ。こんなところで話をしたら、どんな噂をたてられるか分からない。

彼の高い声を聞かないように、ルチアは出口へ急いだ。

「どうした、ルチア」

出口で待っていた父が心配そうにルチアの肩を抱く。

「何かあったのか」

「いいえ、何も」

笑顔を作る。こんなところでリカルドと話しているのが見つかったら、父がどう思うか分からない。こちらに向かっていたリカルドが足を止めたのが見えた。さすがに彼も父がいるところで話しかけてはこないようだ。

「行きましょう」

ルチアは父と母と共に大聖堂を出る。普段ならサロンへ寄るのに、父は帰ると言った。

「――お前に話がある」

自宅に着くなり、父はルチアをソファに座らせた。

「何？」

こほん、と父はわざとらしい咳払《せきばら》いをする。大事な話をする時の父の癖だ。

「お前の結婚相手が決まった」

それはあまりに突然な話だった。ルチアは何度も瞬《またた》いて、典礼のために正装している父を見る。

「……私の？」

「そうだ。お前にふさわしい話だ。今度のパーティーをお披露目にしようではないか。明日の晩にはその相手が挨拶に来るから、お前もてなすように」

上機嫌な父の命令に、ルチアは全身から力が抜けるのを感じた。

「そんな……」

あまりに急な話で、頭が追いつかない。

「いや」

ルチアは考えるよりも先にそう口にしていた。それを聞いた父が眉根を寄せる。

「どうした、いきなり。申し分のない話だぞ」

「……今は聞きたくないわ。少し待って」

お願い、と言い残して立ち上がる。

「待ちなさい、ルチア」

父の言葉を無視して、自分の部屋へと向かう。何か言われているようだが、耳に入らなかった。

窓を開ける。吹きつける冷たい風がルチアの髪を乱す。

結婚。

覚悟はしていたつもりだった。だけどこんなにも急に話が出て、頭の整理ができない。いつかその日が来る、それも近々だと理解してはいたけれど、明日なんて突然すぎる。

父が選んだ相手は間違いないと分かっているし、受け入れなければならないことも理解している。ただ心の準備をする時間が欲しいだけだ。そしてできるならそれは、彼と会ってからにしてほしい。

ルチアは運河を見下ろした。いよいよ今夜だ。彼に会いたい。その強い気持ちを表現する言葉を、ルチアは知らなかった。

明日はちゃんとすると父に頭を下げたルチアは、体調が悪いと言い夕食を早めに切り上げた。心配そうなリオネッラには休むように言い、自室で外出の準備をする。

身につけるのは、先日と同じ服だ。簡素だが身動きがとりやすい。

窓の外には、いつもより大きな月が空にいた。手を伸ばせば届きそうだ。

父と母、それに兄が外出するのを確認してから、一人で着替える。仮面はつけず、お礼の菓子とともに手に持った。

誰にも見つからないように用心しながら、道路側の出入り口を出た。吹いた風が冷たくて体をすくめる。外衣をとってくるべきかと考えたが、戻って誰かに見つかる可能性を考えてやめた。

時間の約束はしていない。でもきっと彼は来てくれる。そんな思いを胸に、ルチアは公共のゴンドラ乗り場に向かう。

大運河が見える角を曲がる前に、仮面をつける。鏡がないから確認できないが、曲がっていなければいい。後ろ髪まで指で確かめてから、足を進めた。

角を曲がった瞬間、黒いゴンドラが目に入った。そこに立つシルエットに見覚えがある。

ルチアは胸に手を当てた。駆けだしてしまいそうになるのをこらえて、ゆっくりと歩いていく。

足を進める度に彼が近くなる。胸が高鳴りすぎて苦しい。

「待っていてくれたのね」

声が弾んだ。ゴンドラで月明かりを背に立つ彼もまた、先日と同じ格好をしていた。仮面のゴンドリエーレは後ろに控えている。

空も運河も、似たような色をしていた。無言で差し伸べられた手をとり、ゴンドラへ乗り込む。

「……ありがとう」

先日と違い波があるのか、わずかにゴンドラが揺れた。ルチアは彼の手に摑まりながら、その場に腰を下ろす。

彼が隣に座ると同時に、ゴンドラがゆっくり動きだした。はたしてどこへ向かうのだろうか。

静かだった。ゴンドラは弧を描き、大広場の方向に進みだす。冷たい夜風が指先に当たり、ルチアは手をぎゅっと握った。

彼は何も話しかけてこない。不思議な沈黙がルチアの心を乱す。どうにか彼の声を聞きたくて、ルチアは手にしていた菓子を差し出した。

「これ、先日のお礼です。お口に合うといいのだけど」

包みを隣の彼に渡す。ありがとう、と闇に溶けそうな声が言った。彼はそれを両手で持ち、まじまじと眺めている。

今、彼はどんな顔をしているのだろう。仮面に隠された表情を、彼の素顔を、知りたかった。

「ねぇ、あなたの名前を教えて」

なんて呼んでいいのかさえ分からない。ルチアの質問に、だが彼は答えてくれない。会話をするつもりはないのだろうか。

どうすれば彼が話してくれるのか。ルチアが必死で考えていると、大運河から枝分かれしている小路に頭を突っ込んだゴンドラが見えた。

不自然なくらいにゴンドラが揺れている。何かあったのかと目線を向けたルチアの視界に、白いものが入った。

「あっ……」

あれは女性の足だ。近づくにつれ、ゴンドラがどんな状態かよく見えてくる。折り重なるようにして抱きあう男女の姿がそこにあった。大胆にも女性のドレスはめくられ、足があらわになっていた。男はゴンドリエーレのようだ。

アンナが経験したのは、あんなにもふしだらなことなのか。ルチアは顔を背けた。

「このゴンドラはどこに向かっているの？」

大広場に向かっていると思っていたゴンドラだが、分岐点で違う方向を選んだ。

「特に決めていない。大広場で降りるか？」

やっとはっきりとした声が返ってきた。ルチアはほっとしながら首を振った。

「……いいわ」

会話が続かない。途方にくれるルチアの手に、彼の手が触れた。

「冷たいな」

そう言うと、彼は自分がしていた手袋を外した。

「これでもしていろ」

「ありがとう」

ルチアは受け取った黒い手袋をはめた。顔も知らない人なのに、彼の前だと普段よりもずっと素直になれる。

「……大広場を通りすぎるが、いいのか」

改めて問われて、ルチアは頷いた。

「構わないわ。私には楽しめる場所ではなかった」

それで、と促す言葉が聞こえた気がした。横顔に視線を感じつつ、ルチアは小さく笑う。

「楽しいことを探すのって、難しいものね」

謝肉祭の夜に期待をしすぎていた。素敵な出会いとか、一目でどちらも恋に落ちるとか、夢を見ていた。でも現実はそんな簡単にいかず、怖い目にあって助けてもらった相手と再会しても、うまく会話をできずにいる。

自分は背伸びをしすぎたのかもしれないとルチアは心の中でため息をついた。もし自分が大人だったら、隣にいる彼と気の利いた会話ができたはずだ。

「毎日を楽しめばいい」

短い答えにルチアは肩をすくめた。

毎日はひどく単調で、そしてきっとこれからも同じように続く。いや、もしかすると結婚することによって、いっそう退屈なものになってしまうかもしれない。

「それができたらいいのだけど。……私、もうすぐ結婚するの。だからこれから先のことは何も分からないわ」

まだ相手の顔を見たこともなくて、と続けようとしたルチアの手を、男が摑んだ。

「…………」

仮面越しでも視線を感じる。彼はルチアを見ている。

ルチアは口を噤んだ。今この瞬間、世界が自分たちだけになった気がした。

月を雲が覆う。一気に暗くなって目が慣れない。ぼんやりとした視界の中、男が仮面をとった気配がした。そしてルチアの仮面にも手がかかる。

彼の顔が分かる。そう思った次の瞬間には、彼の手で目を隠されていた。何も見えない状態で、唇を柔らかいものが覆う。何度か押し当てられた後、表面を舐められた。

「んっ……」

たまらず声を上げたところで、わずかにできた隙間から舌が入ってくる。そこでやっとルチアは、自分が彼とキスをしているのだと分かった。

唇を食《は》まれ、舌先で内側をくすぐられる。

ルチアが知っているキスとは、まるで違った。家族とするのは、触れあわせてすぐ離す口づけ。だけど今、ルチアが彼としているのは、もっと体温を感じるような熱く濡《ぬ》れたものだ。

くちゅっと聞きなれない音がした。それが口づけの音だと気がついた途端、ルチアの胸の奥から熱いものが湧き上がり、全身に広がっていく。

「んっ……」

ほんのわずかに唇が離れたかと思えば、再び重ねられる。ルチアは彼に与えられる口づけに夢中になった。目を覆った手が外されても、目を開ける余裕がない。身も心も昂《たかぶ》っていて、じっとしているのがつらい。

肩に置かれた彼の手が髪に触れる。ゆっくりと撫でられながら、口づけが深くなった。頬の裏を舐め、歯並びをたどった彼の舌先が、ルチアの舌に絡んだ。

荒い呼吸のまま、舌を触れあわせる。男の手に力が入り、強く抱きしめられていた。

「…………」

唇を離した彼が何かを言いかける気配に、ルチアは目を開けた。だがその直前に彼はルチアの右肩に顔を埋めていた。

そのままゆっくりと、その場に横たえられる。ゴンドラが揺れるのが分かっても怖くはなかった。彼の重みが愛《いと》おしい。ただ彼に求められている、その事実で胸がいっぱいだ。伸ばした手が彼のマントを掴む。首筋に熱い吐息を感じた。耳に彼の髪が触れてくすぐったい。

「ねぇ、……」

どうして、と聞きたかった。なぜ彼がこうしてルチアを抱きしめているのか、その理由を教えてほしかった。

答えの代わりのように、男の右手がルチアの胸元に触れた。簡素な服の上から胸のふくらみを確かめられる。その手は大きく、そして温かかった。

「あっ……」

布を押しのけるようにして、彼の手がルチアの乳房に直接触れる。うねるような熱がルチアの体温を上げた。

暴漢に触られた時とはまるで違う。手の温《ぬく》もりが心地よくて、ルチアの体からは力が抜けた。

スカートをめくり上げられ、夜風が足に触れる。咄嗟に隠そうとした手を掴まれ、動きを封じられた。

ゆっくりと、大切なものに触れるように、太ももを撫でられる。大きな手が触れたところが熱を持って痺《しび》れた。

触れられたところから、自分の体が特別になる気がする。もっと、と言いかけてルチアは口を噤む。そんなはしたないことを口にできなかった。

経験したこともない疼きに身をよじる。体の内側が燃えるように熱くなって、このままでは溶けてしまいそうだ。

「っ……」

耳元に荒い吐息がかかる。ルチアが身じろぐとゴンドラが揺れた。激しい水流に流されているみたいだ。

ゆっくりと髪を撫でる指が優しい。このまますべてを、彼に任せてしまおう。

ルチアは考えるのをやめて、目を閉じた。頭が真っ白で何も考えられなくなっていく。

ゴンドラの下を流れる水と同化したかのようだ。

「あっ……！」

我慢できずに上げた声に、彼が固まる。次の瞬間、彼は勢いよく体を離した。そのせいでゴンドラが派手に揺れ、咄嗟にルチアは縁を摑んだ。

「……大丈夫か」

薄く目を開ける。問いかける彼の顔を見られたら、どんなに幸せだっただろう。

「……ええ」

熱を冷ますように、冷たい風が吹いた。ルチアの心も体も一気に熱を失ってしまった。きっと目の前の彼も同じだろう。背中を向けた彼が仮面をつける。

気まずい。ルチアは俯いた。なんてはしたない声を上げてしまったのか。呆れられてしまったと思うと、いたたまれなさで消えいりたくなってしまう。

乱れた衣服を整える。まだ彼が触れた部分の温もりが残っているのに、すぐそばに彼はいるのに、もう顔を見ることすらできなかった。

「……送っていこう」

申し出を断る理由はなく、ルチアはは い、とだけ応えた。

ゴンドラが動きだす。揺られながらルチアは目を閉じた。次の約束を切り出す勇気はなかった。始まる前に終わってしまった寂しさで胸が苦しい。

ゴンドラが見慣れた場所に着く直前、それまで黙っていた彼が言った。

「お前に話すことがある。次の満月にまたここで」

いいか、と問われて、ルチアは目を見開いた。これで終わりではなかったのだ。

「分かったわ」

途端に目の前が明るく開けた気分になる。ゴンドラを降りるのは残念だけど、次があるなら大違いだ。

「おやすみ」

「おやすみなさい」

ルチアは男のゴンドラが見えなくなるまで、そこに立っていた。

素晴らしい夜だった。初めてすぐ近くに感じた異性の体温を思い出し、自分の体を抱きしめる。

彼はどんな顔をしているのだろう。今度こそ見たい。次の満月、彼から切り出した約束の日には、その仮面を外してもらおう。

夢が広がる。ルチアは足取りも軽く屋敷《やしき》へ戻った。そのまま自分の部屋に向かおうと階段に足をかけたその時、ドアが開いた。

「誰だ」

父の声だ。飛び上がったルチアが振り返ると、父が立っていた。横には母もいる。二人とも帰ってきたところなのか、外出用の衣服だ。

「なんだ、その格好は。お前はどこへ行ってた」

父の鋭い視線に血の気が引いていく。

「それは……」

言い訳なんて思い浮かばなかった。固まったままのルチアに、父が大股《おおまた》で近づいてくる。

「こんな時間に一人で出歩くなど、何を考えている」

父の声が、静かな家の中ではひときわ大きく響いた。

「……ごめんなさい」

ルチアは手にしていた仮面を意味もなく握った。

「そんな仮面を持って、一人で謝肉祭に行っていたのか。何かあったらどうするつもりだ」

父がこんなに怒っているのを初めて見た。ルチアは自分の衣服に乱れがないのを確認し、もう見つかっているのに仮面を隠すように背に回した。

「ごめんなさい」

とにかく今は、謝るしかない。項垂れるルチアの耳に、母のため息が聞こえる。

「まったく……」

父のため息が突き刺さるようだ。ルチアは背を丸めた。

「まだ祭りは続く。お前は先に別荘へ行きなさい」

「別荘？」

父の口から出た単語にルチアは目を見開いた。

「そうだ。饗宴の準備はもう始まっている。マルコがいるから、お前はそこでおとなしくしていろ」

マルコは父の末弟で、饗宴の責任者《スカルコ》だ。先週から別荘で、饗宴の準備を進めているはずだった。

「そんな……」

別荘があるのは本島ではない。国民が本島に集まるこの時期、別荘のある小島に一体誰がいるというのか。

「明日にはここを出なさい」

父はルチアに背を向けた。有無を言わさぬその態度に、ルチアは言葉を失う。

「私は休む。お前ももう寝ろ」

それだけ言い、父は階段を上がっていった。動けずにいるルチアの手を母が握る。仮面がルチアの手から滑り落ちた。

「いいですか、ルチア。あなたはファリエール家の娘です。一人で仮面をつけて夜遊びをしてはなりません。淑女は決して、そんなふしだらなことはしないのです。覚えておきなさい」

「でも……」

確かにふしだらと言われる振る舞いだったかもしれない。だけどルチアにとっては、夢のような体験だった。

無謀だったと分かっている。それでもどうしても彼に会いたかった。――だって、私は……。口にできない言葉を呑み込み、ルチアは重たい足を引きずって部屋に戻った。

もう何も考えたくなくて、ベッドに横たわり体を丸める。

唇にそっと触れた。ここに触れた彼の唇を思い出しただけで、体が熱くなる。あの瞬間、体に走った感覚を忘れることなんてできない。

目を閉じたら余計に思い出してしまう。ルチアは眠ることを諦め、自分に起きたことをすべて心に刻もうと試みた。そうやって、これからの不安を考えないようにするのだ。

話すことがあると言ってくれた。次の満月という約束を果たせないのが悲しい。今ここで家を飛び出して、彼を追いかけようか。そんなことを考えて窓枠に手をかけたけれど、それが現実的ではないと分かっていた。あの人が、どこの誰かを知らないのだから。

これから先、自分はどうなってしまうのだろう。明日の自分さえ想像できなくて、ルチアは震えた。仮面を抱きしめ、暗闇でただ丸まる。初めてのときめきを凌駕《りょうが》する不安で胸が苦しい。

空が明るくなる頃にやっと浅い眠りについて、そこでルチアはゴンドラに揺られる夢を見た。

窓から射し込む太陽の光を忌まわしく感じたのは、この朝が初めてだ。

ルチアはベッドから抜け出すと、ゴンドラが行きかう運河を見下ろした。貴族に商人、そして公共のゴンドラがきらきらと輝く水面を進む。いつもと変わらない光景だ。

この中に、彼の乗っていたゴンドラはないのだろうか。無意識に装飾のないゴンドラを探してしまう。だけどたくさんのゴンドラの中から、それらしきものが簡単に見つかるはずもなかった。

はぁ、とため息をついた時、ノックの音がした。この時間に来るのはリオネッラだ。

「開いているわ」

扉を見ずにそう言った。

「おはようございます」

聞こえてきた声に顔を向ける。リオネッラが神妙な面持ちで近づいてきた。

「ルチア様。……申し訳ありません」

リオネッラは頭が床につきそうなほど頭を下げた。

「なんであなたが謝るの？」

首を傾《かし》げる。昨日の夜、ルチアは勝手に外へ出たのだ。リオネッラは何も悪くない。

「ですが……」

父親からどんな話を聞いたのか知らないが、リオネッラはかなり責任を感じているようだ。彼女の目が赤い。

「いいのよ。私が悪いの」

「でも……、私が謝肉祭にお誘いなんてしたから……」

リオネッラが声を震わせた。

「違うわ。私が行きたかったの、あなたは連れていってくれただけ。それに昨夜は、私が勝手に抜け出したのよ。リオネッラのせいじゃない」

それに、とリオネッラの肩を抱く。

「お父様はこの間の夜のことは知らないわ。だから安心して。あの夜のことは、私たちだけの秘密」

リオネッラはルチアにとって大切な友人でもある。彼女が罰せられることは本意ではない。

それでも悲しげに顔を伏せるリオネッラに、そうだ、と声をかけた。

「荷物の準備をお願い」

「はい」

頷いたリオネッラが目元を拭《ぬぐ》った。

「今すぐに」

リオネッラはルチアの荷物を手際よく準備してくれる。作ったものだと分かる笑顔が悲しい。彼女が責任を感じることなんて何もないのに。

「あちらはここより冷えるかもしれませんから、ショールを入れておきますね」

「ありがとう」

繊細な刺繍《ししゅう》が施されたショールは、姉からの贈り物だ。ルチアのお気に入りだと知っているリオネッラの気遣いが嬉《うれ》しい。

「……ねぇ、それはもういらないわ」

リオネッラが手にとったのは、先日作ったばかりのコルセットだ。新しいドレスに合わせて身につける予定だった。でも、もう新しいドレスを着る機会はない。

「ですが、饗宴で必要では？」

「……いいの」

そういえば、結婚する相手と今日初めて会う予定だった。だからこれまでのように着飾る必要はないのだ。

どんな人が、夫となるのだろう。想像することすら今は面倒だ。

準備をリオネッラに任せ、朝食をとるべく部屋を出る。ドアを開けると、珍しく父も母も揃っていた。

「座りなさい」

「……はい」

素直に頷いて席に着く。空気はひどく重苦しくて、ルチアは俯いた。

父も母も怒っているのだと、その態度から伝わってくる。会話も上滑りしていて居心地が悪い。

「先方の挨拶は延期した。お前はこの後すぐにここを出ろ」

父が口にした決定事項に頷くしかない。

胸も痛くて、とても食事なんてできなかった。果物だけを口にしたルチアは、父と母に挨拶をして自室へ戻る。

リオネッラが準備してくれたものの中に、ルチアはそっと仮面を忍ばせた。

「あちらではあまり無茶をしないのよ」

「……はい」

昼前には母に呼ばれ、ゴンドラに乗せられた。リオネッラが準備してくれた荷物は、もうゴンドラの上だ。

「いってらっしゃいませ、お嬢様」

「ありがとう。いってくるわ」

母とリオネッラに見送られ、ゴンドラに乗り込む。

ファリエール家の別荘は、別荘が建ち並ぶネッビア東部にある。本島から行くにはゴンドラを使うしかない。

「今日はいい天気ですね」

ゴンドリエーレのチェスコがいつになく話しかけてくる。気をつかってくれているのだろう。

「ええ、とてもいい天気」

ゴンドラはゆったりと水路を進む。幼い時から何度も行った場所だけど、こんなに心が弾まないのは初めてだ。

このままどれだけ別荘ですごすのか。迷宮に送られるいけにえの気分だ。

水面が太陽の光できらきらと輝く。別荘のある島が見えてきて、それがどんどん大きくなる。ルチアはただ前を見ていた。振り返ったら、賑やかなネッビア本島の様子が分かってしまう。

別荘近くの船着き場にゴンドラが停まった。今日は水が引いているのか、水路側の入り口まで少し距離がある。

「こちらの夜は冷えますから、お気をつけて」

手を差し出し、ゴンドラから降りるのを手伝ってくれたチェスコがそう言った。ルチアは黙って頷いた。笑顔を作ろうとしたけれど、うまくいかなかった。

「――よく来たね、ルチア」

別荘では、叔父のマルコが迎えてくれた。

「お久しぶりです、叔父様」

父とよく似た顔の叔父に挨拶をする。事情はすでに聞いているのだろう、マルコは何も聞かずにルチアを軽く抱きしめた。その優しさが嬉しくて、でも同じくらい、寂しい。

「今は何もないが、来週には楽団も来る。楽しみにしていなさい」

「……はい」

饗宴のために呼んだ楽団がここへ来たからといって、ルチアに特別楽しいことがあるとは思えない。音楽を聴くのは好きだけれど、本番まで練習がある楽団の邪魔をするのは失礼だ。

「いつもの部屋を用意したよ」

「ありがとうございます、叔父様」

チェスコと別荘の使用人によって、荷物が別荘内に運ばれてきた。運び入れるのは二階にあるルチアの部屋だ。正確に言うと、父が娘たちのためにと用意した部屋である。姉たちが結婚する前は賑やかで狭く感じたが、家に残る娘がルチア一人となった今では、少し広すぎる。

掃除の行き届いた部屋にはベッドとソファがある。壁には父が援助している画家の絵が飾られていた。

「では、何かありましたらお声かけください」

「ええ、ありがとう」

別荘の使用人が出ていく。ルチアは窓に近づいて外の景色を眺めた。水路に面したこの部屋からは本島が見える。バルコニーにはテーブルがあり、夏はここで朝食をとるのが習慣だった。

チェスコが漕ぐゴンドラが、本島へと戻っていくのが見える。

「……つまんない」

自分が悪いのは分かっている。黙って家を抜け出し、夜遊びをして、素敵な人と出会った。両親が怒るのは無理もない。

でも、夢のような時間だった。初めて触れた彼の唇を思い出しただけで、頬が上気してしまう。

もうあの人に会えない。せっかく、約束してくれたのに。名前を聞けるはずだったのに。

胸の奥が締めつけられたように痛んだ。

これも、好き、という感情なのだろうか。

もっと幸せなものだと思っていた。こんな風に胸に何かが詰まってしまったように苦しいなんて知らなかった。

しばらくぼんやりと水路を眺める。ゴンドラも通らないこの島で、どれだけ過ごすことになるのだろうか。そしていつ、結婚するのだろう。

自分のことなのに、何も分からない。それがもどかしい。貴族の娘に生まれて覚悟はしていたつもりだけど、いざその状況になってみればこんなにも不安でいっぱいだ。

じっとしていたら気が滅入《めい》る。ルチアは立ち上がり、部屋を出た。

「ルチア、どこへ行く」

マルコに気づかれないよう、静かに歩いていたつもりだったけれど、あっさり見つかってしまった。

「庭に出るだけです」

適当にそう答える。マルコが眉根を寄せた。

「待ちなさい、……おい、ルチアについて」

マルコの呼びかけでやってきた侍女が後ろをついてきた。無言でルチアの少し後ろを歩いてくる。一人にはしてくれないらしい。

彼女の名乗った名前に聞き覚えがある。話を聞いてみれば、別荘に古くからいた侍女の娘だった。

「よろしくお願いします、お嬢様」

頭を下げた侍女は、自分と同い年くらいだろうか。飾り気のない姿だが、明るい笑顔でかわいらしい。

「こちらこそよろしく。ねぇ、ひとつ聞いていいかしら」

「はい、なんでございましょう」

そんなに畏《かしこ》まらなくてもいいのにと思いながら、ルチアは本島方向にかかる大きな石橋を指さした。

「あの橋で本島まで行けるの？」

「水が引いている時であれば、歩いていけます」

でも、と言いよどんだ彼女に続きを促すと、小さな声が返ってきた。

「見張りがいるので、そう簡単には渡れません。それに、私の足でも一時間はかかります」

「……そう」

さりげなく言ったつもりだけど、がっかりしたことが伝わったのだろう。慌てたように彼女は続けた。

「でも、この島もいいところです。そうだ、ぶどう酒はいかがです？　この近くでいいぶどうがとれます」

「そうね、後でいただくわ」

別荘の近くにぶどう畑があるのは知っている。そこにはいい思い出がないけれど、ぶどう酒は味わっておきたい。

ルチアは改めて別荘周辺を歩いた。

ここから本島へ行くには、大きな石橋を渡るしかなさそうだ。でも見張られているから、すぐに連れ戻されるだろう。

あとはゴンドラだ。だけどゴンドリエーレはおらず、ルチアはゴンドラを漕げない。

ここに置いたら安心と父が思ったのも頷ける。ルチアは一人でこの島を出られそうにない。

「そろそろ戻るわ」

ルチアの声かけに返ってきたのは、明らかにほっとした笑顔だった。

自室に戻り、持ってきた荷物の整理を終えた頃、声がかかった。

「お食事の用意が整いました」

叔父のマルコとルチア、二人だけの夕食が始まった。マルコは嬉しそうに、このメニューは次の饗宴に出そうと考えていると説明してくれる。

出された料理はどれもおいしいのだと思う。野菜も肉もチーズも、きっとすごく上質なものだ。見た目も鮮やかで、きっと招待客も喜ぶだろう。

しかしルチアはほとんど手をつけなかった。どうにも食欲が湧かないし、食べても味がよく分からない。

食事を終えるとマルコはまだ仕事があるというので、ルチアはおとなしく部屋に戻る。侍女にはもう休むように言い、ルチアは蠟燭を吹き消した。射し込む月明かりを頼りに、本島の方向へ目を向ける。

今頃、セッラーノ大広場は仮面の人々で賑わっているだろう。耳を澄ませば声が聞こえそうだ。そう思って窓に手をかけた時、庭にある人影と小さく揺れる光に気づいた。

誰かいる。ルチアは咄嗟に外から見えない場所に隠れた。別荘の誰かかもしれないのに怯えすぎかと思いつつ、念のため外を確認する。

「……！」

悲鳴を上げそうになり、ルチアは慌てて口を両手で覆った。

別荘近くの船着き場に、ゴンドラが停まっている。そして庭に、明らかに異国の男たちが立っていた。彼らは手に蠟燭だけでなく、何か細長いものを持っていた。

貿易国であるネッビアでは、髪に瞳、肌の色が違う他国の者も多い。父の友人にもいるので、客という可能性もある。

ルチアは目を凝らす。知らない顔だ。彼らは館《やかた》を見上げて何か話している。

こんな時間に、しかも庭からまともな来客があるとは思えない。ルチアは恐怖を覚えて後ずさった。足が寝台にぶつかり、慌てて音を立てないように窓から見えない壁際へ移動する。

庭から物音がする。どうしよう。ルチアはその場にしゃがみ込んだ。あれはきっと、この別荘を狙《ねら》っている強盗だ。

ここにいるのは、叔父のマルコとルチア、それに使用人たちだ。強盗に対抗するすべがあるのか、ルチアは知らない。

　誰かこの状況に気がついているだろうか。自分が知らせるべきかと迷っていると、不意に破裂音と共に、別荘が揺れた。

　何かは分からないが、大変なことが起きようとしている。ルチアは夜着の上にローブを羽織った。何かあったらすぐ逃げなければ。

　耳を澄ました。近づいてくる足音に怯え、体を丸める。暴漢に襲われた記憶が蘇《よみがえ》ってきて、震えが治まらない。

　窓から月明かりが射し込む。それを何かが遮った。おそるおそる顔を上げる。バルコニーに人影があり、息を呑んだ。

「あなたは……」

　仮面の騎士が立っていた。闇に同化するような出《い》で立《た》ちだけど、間違いない。ルチアは窓際に駆け寄った。

　彼はルチアを確認すると、窓を軽く叩いた。急いで鍵を外す。

「どうしてここへ?」

　また助けてくれるのだろうか。こんな時だというのに、声が弾んだ。

「話は後だ。来い」

　くぐもった声と共に、男の手がルチアの手を摑んだ。

「ここは危険だ。早く」

返事をする間も与えられず、窓からバルコニーへと出された。

「ここに足をかけて下りてこい。俺が先に下へ行く」

柱を伝い降りるように言われ、ルチアは迷わず柱に摑まった。

恐怖はなかった。彼ならきっと自分を受け止めてくれる。そう信じて、飛び降りる。途中で右足の靴が飛んでしまった。

「……大丈夫か」

彼の腕に飛び込むように着地した。受け止めてくれた力強さにほっとして、泣きそうになる。

「行くぞ、こっちだ」

すぐさま引っ張られた。右足の靴が脱げてしまったけれど、それを告げる間もない。

手を引いて走りだした彼は、暗闇の中でも迷うことなく進んでいく。どうやら運河側に進んでいるようだ。右足だけ裸足だから一歩進む度に痛くて、それでも歩調を緩められなかった。

別荘から何かが割れる音がする。振り返る余裕もなく、ルチアは彼と走り続けた。

石橋が見えてくる。その向こうに、もう覚えてしまった装飾のないゴンドラがあった。

仮面のゴンドリエーレが乗っていて、前へと進んでいる。

「じっとしていろ」

「あっ、うそっ……！」

仮面の男はルチアを抱え上げると、そのまま動いているゴンドラへと飛び乗った。その勢いでゴンドラが派手に揺れた。

「行け」

短い命令と同時に、ゴンドラが左右に揺れながら速度を上げる。倒れそうになった体を男が抱え、大切なもののように優しく座らせてくれた。

「また助けてくれたのね。ありがとう」

男は応えなかった。ただルチアの肩に腕を回し、安心させるようにそっと抱きしめてくれただけだ。それだけでも、ルチアの胸が高鳴る。

会えないと思っていた彼が、こんなところまで助けに来てくれた。それだけで今は充分すぎるほど幸せだ。

ゴンドラの速度が上がり、わずかに揺れた。その弾みでルチアは男の肩に体を預ける形になった。

このままでいても、いいのかな。

迷った末、ルチアは目を閉じた。

これからどこへ行くのだろう。そうだ、名前を聞かなくては。顔も見せてもらって、それからちゃんと、……キスを、してくれたらいいのに。

はしたない願望に頬が染まる。今口を開いたら余計なことを言ってしまいそうで、ルチアは唇をかんだ。そうしてゴンドラの揺れに身を任せていると、意識はすぐに闇へと吸い込まれていった。


瞼《まぶた》の向こうが明るくて、暖かい。その光に誘われるように、ルチアは目を開けた。

大きな窓から射し込む光のまぶしさに目を細めた。ルチアは寝台に横たわっていた。見知らぬ部屋だ。肌触りのいい上質な寝具に覚えがない。

たぶん深く眠っていたのだろう。ルチアの頭はすっきりしていて、昨夜のこともちゃんと覚えていた。

ここはきっと、あの仮面の男の家だ。そう思って室内を見まわせば、飾り気はないのがそれらしく見える。ルチアは立ち上がり、窓を開けてみた。さわやかな風が吹く。射し込む光と澄んだ空気から、早朝だと思われた。

ルチアはベッドに腰を下ろした。彼を探すには早すぎるから、もう少し待とう。

ドアが開く音がして、ルチアは振り返った。まずは助けてくれたお礼をしよう。それから、と頭の中で会話の流れを決める。

だが開いた扉から入ってきたのは、あの仮面の男ではなく――リカルドだった。

「目が覚めたか？」

彼はこんな低い声をしていただろうか。低くて甘い響きに戸惑う。ルチアの記憶の中のリカルドは、もっと高い声だったはず。

「なんで、あなたがここに……」

近づいてきたリカルドは、修道士の服ではなく、貴族らしい服装をしている。そうすると大聖堂で見かけた時よりも、昔の彼の面影が濃くなった。

「ねぇ、彼は？　彼はどこなの？」

もしかしてあの人は、リカルドと関係があるのだろうか。

「……彼？」

リカルドが首を振る。

「そうよ。私と一緒に、仮面をした男の人がいたでしょ？　どこにいるの」

ルチアの問いに、リカルドは怪訝《けげん》な表情を浮かべる。

「なんの話だ。俺は暴徒の襲撃があったと聞き、駆けつけた。お前は脱出したゴンドラに一人で乗っていたぞ」

「ゴンドラに？　私が一人で？」

そんなはずはない。ルチアが乗ったのは、彼のゴンドラだ。そもそもルチアはゴンドラを漕げない。

「ああ。一人といっても、お前のところのゴンドリエーレもいた」

「うちの？　チェスコがいたの？」

「そういう名前だったか。昔からいる彼だ」

チェスコはルチアを別荘に置いて本島に帰ったはずだ。おかしい、ルチアの記憶と違いすぎる。

しかしリカルドが嘘をつくとも思えない。

「チェスコはなんて言ったの……？」

「お前を助けてくれと頼まれた。それでここへ運び込んだのだ」

分からないことばかりで混乱する。どういう状況なのか、チェスコに確認したかった。

「チェスコに会いに行くわ」

立ち上がったルチアを、片手でリカルドが制した。

「落ち着け。彼は今、本島に戻っている。明日にでもまた来るから、その時に話せばいい。今はここでじっとしていろ」

「分かったわ。ねぇ、……本当に、私以外いなかったの？」

「ああ」

リカルドが頷いたのを確認して、ルチアは肩を落とした。

「そう……」

では、あの人はどこへ行ってしまったのだろう。必死で記憶を手繰り寄せる。ゴンドラに飛び乗り、目を閉じたところまでは覚えている。

それから何が起きて、ここにいるのか。空白部分を埋めたかった。

「じゃあ、この部屋に運んでくれたのは……？」

「俺だ。怪我《けが》はないようだが、念のため医者を呼んだ。後で診てもらうように」

それから、と口にしてから、リカルドは迷うそぶりをした。それが気になって、なに、と続きを促す。

「落ち着いて聞いてくれ。今、この国は大変なことになっている」

ルチアはそこで居住まいを正した。そうだ、別荘に忍びこんだ男たちは、一体なんだったのか。

「謝肉祭の騒ぎに紛れて、他国からやってきた物騒な連中が貴族の邸宅や別荘を荒らしているそうだ」

「じゃあ、うちの別荘はやっぱり襲われたのね？　マルコ叔父様はどうなっているの？」

「ファリエール家の別荘は荒らされたが無事だと聞いている。お前の叔父上もお怪我はない」

「……よかった」

「ただし、別荘は窓が割られてひどい状況だ。お前はしばらくここにいろ。ここは安全だ」

「安全？」

ルチアはそこでやっと、自分が今いる場所を聞きそびれていたと気づいた。

「ねぇ、ここは一体どこなの？」

「トライアーノ家の別荘だ。お前も前に来たことがある」

「あの丘にある別荘かしら」

幼い頃、一度だけ訪れた記憶がある。その時に初めてリカルドと顔を合わせたのだ。

「そうだ」

「でもあなたがどうしてここにいるの？」

「ここはトライアーノの持ち物だぞ。俺がいてもおかしくはないだろう」

リカルドが憮然《ぶぜん》と返す。

「そうじゃなくて……。あなたは修道士様になったんじゃなかった？」

大聖堂で姿を見かけたのはつい最近のこと。その時、彼は確かに修道士の格好をしていた。

「昨日で還俗《げんぞく》した。これからはネッピアで暮らす」

「……そう」

そこで会話は途切れた。彼とこうして話すのは久しぶりで、嬉しい反面、少し戸惑ってしまう。ずっと会話しないように心がけてきたせいだ。

でも二人きりなのだから、別に話してもかまわないだろうと思い直す。

「とにかく、助けてもらったお礼は言うわ。ありがとう」

「困っている人間がいたら助けるのは当然のことだ」

真顔でそう言いきるリカルドは昔のままだ。それが嬉しくて、ルチアは微笑んだ。

「あなたは変わらないのね」

「……お前は変わったのか」

リカルドが寝台に座るルチアを見下ろした。

「私も変わっていないと言いたいけど、……でもね、私もうすぐ、好きでもない人と結婚するの」

うまく笑おうとしてできなかった。リカルドの顔が強張《こわば》る。

「好きでもない男？」

「ええ」

まだ名前も知らない、と続けようとしたルチアを遮ったのは、リカルドだった。

「なるほど。お前はそう言い切るのだな」

目を細めたリカルドが、口元を引き結ぶ。その瞬間、空気が変わったのを感じた。ルチアはリカルドを見上げる。どうしてそんなに、怒ったような顔をするのだろう。

彼の手が伸びてくる。右手首を掴まれ、後ろに押された。

「ちょっと、放して」

振り払おうにも、リカルドの力は強かった。そのままルチアは、自分が腰かけていたベッドに押し倒される。

「……リカルド？」

ルチアの顔の横にリカルドが手をついた。じっと見下ろす顔は険しくて、まるで知らない人のようだ。

怖い。リカルドに対して初めて抱いた感情に戸惑っているうちに、彼がのしかかってくる。

幼い頃は、こうして二人で過ごすことがあった。駆け回って遊ぶことが多かったけれど、雨の日は部屋のベッドで一緒に本を読んだ。手を繋いで眠ったこともある。だけどそれは、まだ性別の差を気にしないでいられたくらい昔だ。今はそんなこと、とてもできはしない。

「ルチア」

記憶と違う声で呼ばないでほしい。幼馴染みとして過ごした思い出が塗り替えられてしまうから。

「退《ど》いて、リカルド」

平静を保ったつもりで、彼の下から逃げようとする。だがリカルドは引いてくれないばかりか、ルチアの胸に手を伸ばしてきた。

「やめて」

言葉で制したくとも、震える声にそんな威力はなかった。リカルドの手が、胸のふくらみを確かめるように撫でる。彼がそんなことをするのが信じられなくて、ルチアはその場に固まった。

「うそ……」

ゴンドラの上で、仮面の男に触れられた時とは違う。体を強張らせたルチアの前で、リカルドは真顔で言った。

「やはり昔とは違うな」

かっと頬が熱くなった。勝手に触っておいてなんてことを言うのか。咄嗟に自由だった左手でリカルドを突き飛ばそうとしたけれど、もがくだけで終わってしまったばかりか、右手とまとめて押さえ込まれてしまった。

「いや、……リカルド、やめて」

リカルドはルチアの胸元をあらわにした。夜着のままでいた自分の無防備さを悔いてももう遅い。大胆に夜着を暴かれ、両手を上に上げた状態にされてしまう。脱げかけた衣服のせいでうまく動けなくなったルチアを、リカルドが見下ろした。

彼の目がぎらついている。それに気がついた途端、ルチアは震えた。必死で体を隠そうと試みるがうまくいかない。彼を蹴《け》ろうとした足はとらえられ、大きく開かされてしまう。

「っ……いたっ……」

無遠慮なリカルドの手が伸びてきて、ルチアの胸を包む。色づいた先端を指で摘まれ、鈍い痛みにルチアは背をしならせた。そうするとリカルドに胸を突き出す形になると気がついた時には、もう彼の手にふくらみがきっちりと収まっていた。

「……ああ、柔らかいな」

うっとりとした声に耳を塞《ふさ》ぎたくなる。幼い頃から知っている彼に、こんな辱めを受けるなんて思わなかった。

いやだ、やめて。拒絶の言葉はリカルドの耳に届かない。ルチアの胸を我が物顔で揉《も》みしだく彼は、もうルチアの知る生真面目《きまじめ》な男の子ではないのだと思い知らされる。

リカルドの指に弄《もてあそ》ばれた小さな突起は、硬くなり存在を主張しはじめる。それに気がついたリカルドが、ルチアの左胸へ顔を寄せた。

「ああっ」

舌先でくすぐられ、強く吸われた。むずがゆいような感覚に腰が揺れてしまう。その反応に気をよくしたのか、リカルドは右胸もその手に収めた。ふくらみを確かめるように揉み、撫でては先端を指で転がす。

「んっ……」

こらえきれずにこぼした声に、リカルドが顔を上げる。視線が絡む。その目に宿る熱量に、ルチアは怯えた。こんなリカルドは知らない。彼がむき出しにしてぶつけてくる欲望が怖くて、ルチアはぎゅっと目を閉じた。

どうしてこんな目にあっているのか、よく分からない。ルチアは唇を噛《か》んだ。上で固定されていた手はいつのまにか自由になっていたけれど、リカルドを押しのけることさえできない。

はぁはぁという短い息は、リカルドのものだ。彼はルチアの乳房を両手に収め、中央に寄せる。そのまま交互に先端を弾かれ、吸われてしまった。

「……やっ……」

体の奥が熱く潤みはじめるのが分かって、ルチアは慌てた。どうにもむずむずする。じっとしていられずルチアは必死で身をよじり、リカルドから逃げた。

案外あっさりとリカルドは手を放した。これで終わりなのかと目を開け様子をうかがうと、リカルドは無言でルチアを見つめている。

その顔が近づいてきて、ルチアは彼の目的を知った。

「リカルド、やめっ……」

唇が重ねられそうになり、ルチアは必死で顔を振って抗《あらが》った。だが顎《あご》に手がかかり、向きあうようにされてしまう。自分の無力さを思い知らされ、ルチアはさらに目をきつくつぶった。そうすると目の奥から次々と涙が溢れてきてしまう。

「……くそっ」

リカルドが舌打ちする。いつでも行儀のよかった彼がそんなことをするなんて。驚きで薄目を開けたルチアの前で、彼は髪をかき上げた。肩で大きく息を吐くと、リカルドは体の位置を下げた。ルチアの足に手をかけ、太ももを撫でる。

口づけを諦めてくれたのか。ルチアはこぼれた涙を拭った。まだゴンドラの上で交わしたキスを忘れたくない。

「え、……やめて」

ルチアが甘美な記憶に浸る時間はなかった。リカルドはルチアの夜着に手をかけ、完全に脱がせようとしてくる。あっさりと下着姿にされたルチアは、秘めた部分を隠そうと両足を閉じた。

「……えっ」

するりと下着を脱がされ、ルチアは目を丸くした。なんで、と思わずリカルドを見上げてしまう。彼は口角を引いて笑みを浮かべていた。

「協力に感謝する」

わざとらしいくらい真面目な口調が腹立たしい。ルチアは咄嗟に持ち上げた手でリカルドの頬を打とうとしたが、避けられてしまう。

「さあ、……お前の体を、見せてくれ」

膝を持たれ、大きく広げられる。そうすると明るい中、下肢があらわになった。

「やめてっ」

惨めな格好だ。ルチアは目の奥が熱くなるのを感じた。泣きたいくらい恥ずかしい。しかしリカルドは瞬きを忘れて、ルチアの秘部を見ている。

「……綺麗だ」

うっとりとした響きが信じられない。リカルドが息を呑む音が聞こえた。

「いや、何するのっ」

ルチアの太ももを押さえたリカルドが、下肢に顔を寄せる。そして彼は信じられない行動に出た。

「え」

リカルドの息がかかったのは、ルチア自身も見たことがない場所だ。そこに彼は、躊《ちゅう》躇《ちょ》なく口づけた。

「ねぇ、やめて」

ルチアはリカルドの頭を掴み、髪を引っ張った。だが彼は気にせず、息づくそこに唇を寄せる。

「リカルド、いやっ、やめて」

頭を叩いてもリカルドはそこを舐めた。温かく弾力のあるものが、ルチアの閉じた秘唇をゆっくりと開こうとする。

「いやぁ」

舐めるぴちゃぴちゃという水音が聞こえてくる。いたたまれなさにルチアは体を固くした。ミルクを舐めるような音が響く。

「やめて、舐めちゃいや、……汚いっ」

両足をばたつかせて拒絶する。そこでやっと、リカルドが顔を上げた。

「お前の体に汚いところなどない」

リカルドは、濡れた口元を手の甲で拭った。

「そんなわけ、ないでしょ……」

髪と同じ色をした薄い下生えが、リカルドの唾液《だえき》で湿って肌に張りついた。

「いいや。どこもかしこも綺麗で、……こんな風に、食べてしまいたくなる」

太ももに歯を立てられる。獰猛《どうもう》な眼差《まなざ》しに本気で食べられそうだと思った。ルチアは信じられないものを見る目をリカルドに向けた。彼はそれを受け流し、指先でルチアの秘部に触れる。

「……濡れているな」

そんなことをわざわざ言われなくたって、ルチアには分かっている。羞恥《しゅうち》に顔が熱くなった。

「ん、指は濡らしておこう。……ここか」

濡れた秘裂を指が擦る。そうして湿った指が、ルチアの知らない部分に触れた。

「ひっ」

息が止まった。それくらい、強烈な刺激だった。そこに全身の血液が集中するような感覚に、ルチアは目も口も閉じられずに固まる。

「痛くはないか」

返事なんてできない。リカルドの指が小さな突起を転がす。その刺激はあまりに強烈で、ルチアの息が止まる。勝手に腰が揺れ、体がはねた。

「もう、やめて……許して……」

涙を流して懇願する。とにかく怖い。こんな刺激を与えられたら、おかしくなってしまう。

「怖いか」

ルチアは黙って頷いた。リカルドの手が宥《なだ》めるように太ももを撫でた。

「急ぎすぎたようだな。これから感じることを覚えていけばいい。俺にも教えてくれ。……これなら、どうだ？」

花びらを開くように優しく、秘裂を広げられる。

ただ首を左右に振る。聞かれても答えられるわけがない。自分の体が自分のものではなくなったような感覚に、ルチアは戸惑っているのだから。

熱い。体が内側から溶けてしまう。どろりと溢れるものを感じてルチアは足を閉じようとした。だけどリカルドの手が阻む。

「隠す必要はない」

「……見ないで」

最低、と早口で言って、ルチアは顔を背けた。

「見ないとお前を傷つけてしまう。……ああでも、指は入るようだ」

濡れたそこに、硬いものが入ってくる。逃げようとする腰を抱えられ、浅くかき回された。

「なんで、……」

拒めない自分の体が信じられない。リカルドの指はそこを暴き、中へと入ってくる。触れられた部分、すべてが熱くなるのをルチアは止められなかった。

体の芯《しん》が、とろりと溶けるような気がする。手足に力が入らなくなった体を、リカルドの指が翻弄《ほんろう》する。

「だめ、……こんな、だめっ……」

指で押しひろげたところを、温かくて弾力のあるものが擦る。舐められているのだと気がついても、どうにもできない。秘裂から敏感な突起までを舐められ、指の腹で擦られたら、もうルチアは泣き乱れるしかなかった。

「こんなに濡れて感じていて、何がだめなのか教えてくれ」

ルチアは手の甲で目を隠した。こんな明るい場所で辱めを受けているのに、体が拒んでいないのが嘆かわしい。

指の数が増え、中を探られる。痛みを訴えると、リカルドは意地悪く突起に吸いつく。そうして何がなんなのか分からなくなったルチアは、ただ声を上げ続けた。

「いいか、入っても」

リカルドの声が耳を通り抜ける。彼も答えは気にしていなかったのだろう。無言でルチアの足を抱えると、秘部に何かを押し当てた。

全体を擦る、熱い塊。その正体を考える余裕は、ルチアになかった。狭い場所をこじ開けようとする痛みに頭を打ち振る。

「いた、いっ……」

逃げようとする体をリカルドが押さえ込む。体を引きさかれるような痛みに直面して、ルチアの目に涙が滲んだ。

「あっ」

大きなものが、入ってくる。驚きに目を見開いたルチアは、リカルドがいつのまにか着衣を脱ぎ捨て裸でいることに気がついた。彼の肌を直視できず、また目を閉じる。

「力を抜け」

宥めるように頬を撫でられる。優しく耳を撫でられ、ほんの少しだけ、体から力が抜けた。その瞬間、腰骨に指がかかり、強く引き寄せられる。

「あっ……」

ぐぐっと奥を開かれる。痛みよりも違和感がすさまじい。

「は、ぁ……」

首筋にかかったリカルドの息はひどく熱かった。そうしてやっと、ルチアは理解した。今自分の体を貫いているのは、リカルド自身なのだと。

こんなに硬くて熱いものが、彼の体にあったなんて。そしてそれが、自分を貫いているなんて。

何もかも信じられないが、ひとつになっているのだ。

これがどういうことなのか、ルチアにも知識はある。これは結婚した二人がするべき行為だ。少なくともルチアはそう教わってきた。それまで、本当は経験してはいけないものだと聞いている。

それがこんな形で、幼馴染みに奪われてしまうなんて思わなかった。

「痛くはないか？」

確認しながら、リカルドが体を引く。少し楽になったと思ったら、また奥を突かれる。その繰り返しで、ルチアの息も上がってきた。

せめて好きな相手ならよかったのに。そう考えた瞬間、頭に浮かぶのは、名前どころか顔も知らない仮面の彼だった。

自分に触れてくれた指を思い出す。あの優しくも情熱的な手。これは彼の腕だ。そう思った途端、全身が燃えるように熱くなった。

「んんっ」

自分でも、声が変わったと分かった。慌てて口元を手で覆うが、リカルドの耳には届いてしまったようだ。

「いい声だ」

彼の声も上ずっている。折れそうなほど強く抱きしめられる。ぴったりと体を重ねられ、目の奥を覗《のぞ》き込まれた。

「ルチア」

彼はルチアの首筋に顔を埋めると、甘やかな息を吐く。重なった肌から、どちらの鼓動かも分からないものが響く。

「ああっ……！　そんな、だめっ……」

奥を力強く穿《うが》たれて、ルチアは体をくねらせた。

「お前が、……奥へと導いているんだ……」

息を乱しながら、リカルドが腰を振る。どんどん激しくなる動きにルチアはただ揺れる。まるで大きな波が来た時のゴンドラのように。

涙が頬を伝う。痛みを凌駕する感覚に、頭がついていかない。

「……もう、……い、く……」

リカルドが体重をかけてきた。繋がりがいっそう深くなる。ありえないくらい奥をえぐられる感覚に息が止まる。

「……あ、だ、めっ……いやぁ……！」

突然、体が放り投げられる。浮遊感にルチアは震えた。体の奥で何かが弾ける。手足の先まで痺れて、息が止まる。

「……すごいな、こんなに……」

リカルドの声がどこか遠くから聞こえる。ルチアはその場で脱力した。

未知の感覚が理解できない。動けずにいるルチアから、リカルドが体を離す。ルチアはそこで、意識を手放した。


温かいものに包まれている。この温もりはなんだろう。気持ちがよくて頬を寄せる。そうすると髪を撫でられた。

優しい手だ。それに懐くように頭を預ける。その手が耳にさっと触れた時、ルチアは目を開けた。

「えっ」

ルチアは何も身につけていなかった。同じく裸のリカルドの腕の中にいる。

「うそ……」

自分の体に何が起こったか、ルチアは一瞬で思い出していた。あれは夢だと言いたいけれど、違和感のある下肢がそうさせてくれない。

とにかく起きようとしたルチアの腕を、リカルドが掴む。

「まだいいだろう」

甘えたような声で言い、リカルドが抱きついてくる。寝ぼけているのだろうか。

「放してよ」

振りほどこうにも、腕の力は強かった。そのまま抱きしめられる。ぽんと頭を撫でる手が慣れているように感じるのは気のせいではないはずだ。

だって、とルチアは恥ずかしい記憶をたどる。リカルドはやけに慣れた様子だった。じゃあ彼は、誰とこんなことをしていたの……?

瞬間頬のあたりがかっと熱くなる。とにかくこの腕の中から抜け出そうとしたら、耳元に唇が寄せられた。

「二度寝なんて久しぶりだ。もう少し、このままでいさせてくれ」

頼む、と言った次の瞬間には、軽い寝息が聞こえてきた。

修道士の朝は早いと聞いている。彼らは早朝から祈りを捧げる日々をひたすら繰り返すのだ。好きな時に起きて、眠ることなどできない。

リカルドはずっとそういう生活をしてきた。どんな思いで過ごしてきたのだろう。聞いてみたい気がする。

すぐそばにあるリカルドの顔を見つめる。目を閉じていると少し幼く見えて、昔と変わらなく見えた。

でも、彼は昔とは違う。

早朝から、リカルドに抱かれた。ルチアには初めてのことばかりで、なんだかよく分からないうちに始まって終わった。途中からは恥ずかしいことの連続で、今だってリカルドを直視できない。

どうしてこんなことになったのだろう。ため息をついたその時、リカルドの手が伸びてきた。

「……あっ」

リカルドがルチアの胸のふくらみを手に収めた。感触を確かめるようにゆっくり揉む。

「ちょっと、何してるの」

手を押さえて止めようとした。だけどリカルドは目を閉じている。

寝ぼけているのだろうか。それが腹立たしくて、ルチアはリカルドを押しのけようとした。少しだけ距離ができてほっとしたのもつかの間、今度は太ももを撫でまわされる。

「リカルド、やめてっ……」

足の間に手を入れられ、広げられそうになる。ルチアは慌てた。だがリカルドは構わず、奥へと進んでくる。

「ねえ、だめっ」

「こんなに蜜《みつ》を垂らしているのに？」

くちゅ、と音を立てて指が中へと入ってくる。浅いところを撫でられ、ルチアは震えた。

「あっ……」

指を軽く埋めて、中を探られる。そうするとルチアの体からは簡単に力が抜けてしまった。

「ほら、こんなに……俺の指を締めつける」

「いや、……そこ、だめ……」

身をよじって抵抗する。あっさりとリカルドが手を引いたのでほっとした次の瞬間、腰を持ち上げられた。

「やだ、やっぱり起きていたのね……！」

「目が覚めた」

少し上ずった声でリカルドはそう言い、ルチアをその場にうつぶせにした。何をされているのか理解するより前に腰を持ち上げられてしまう。

「ああ、素敵だ」

双丘を撫でまわしたリカルドが、指をいやらしく這わせてくる。

「見ないで……」

そこに痛いくらいの視線を感じる。何も隠せずにすべてを晒す格好が恥ずかしい。

「力を抜け」

そんなこと言われても、簡単にはできない。ルチアは首を横に振った。だがリカルドは構わず、秘裂に熱を宛《あて》がう。

それが何か、中に入ってきたらどうなるのか、ルチアの体はもう知っていた。そしてそれを、拒めないことも。

「あ、んっ……」

早朝の激しさとは違う。ゆっくりと押し入ってきた熱が、体の内側を進んでくる。

腕だけでは体を支えられず、ルチアはその場に突っ伏した。

口を閉じられない。忙《せわ》しない呼吸を繰り返しながら、焼きつくような痛みと違和感に耐える。

こんな恥ずかしい格好をさせられるなんて、信じられない。しかもこんなすぐに、体を繋げてしまうなんて。

「はぁ、……そんなに、締めつけるな……」

リカルドの声がすぐ近くで聞こえて、ルチアの体はその場ではねた。背中にリカルドの体温を感じる。ぴったりと肌を密着させた彼が、腰を揺らした。

「やぁ……！」

体の内側を擦られる感覚は強烈すぎた。早朝よりも鮮明な刺激に、ルチアの肌が粟立《あわだ》つ。

「ここが尖《とが》った。気持ちがいいか？」

リカルドの手が後ろから胸をわしづかみにする。激しく揉みしだかれ、先端を引っ張られた。その瞬間、体を貫いたのは、目がくらむような快感だった。

早朝にも体験したこの未知の感覚の正体は、快感だった。それを知った途端、ルチアの体は蕩《とろ》けた。力の抜けた体を、リカルドの熱くて硬いものが蹂躙《じゅうりん》する。そしてそれを歓迎するかのように、ルチアの体は収縮するのだ。

「あっ、ん……」

体が壊れてしまうのではないかと不安になるほど、激しく突き上げられた。髪を振り乱しながら乱れるルチアの背に、リカルドが何度も口づける。

「くっ、もう、……」

腰を掴むリカルドの指に力が入る。信じられないほど奥深くまで貫かれ、体の奥が重たく痺れた。

「あ、あっ……やっ……！」

突き上げられる速度が増して、ルチアは唇を噛んだ。そうしないとあられもない声を上げてしまいそうだ。

小刻みに体を揺らし、快感の大波に耐える。そんなルチアの耳元で、リカルドが信じられない言葉を吐いた。

「俺の子を孕《はら》め、ルチア」

奥が、濡らされる。ルチアはきつく目を閉じた。波に呑み込まれ、上から下へと落とされる。その強烈な快感は、ルチアを何も考えられなくした。

「っ……ああ、お前の中がいっぱいだ」

腰を引いたリカルドが、嬉しそうに声を弾ませた。

その瞬間、何かがそこから溢れるのが分かった。それでルチアは、自分に何が起きたのかを認識する。

「なんで、こんな……」

ルチアは寝台に崩れ落ち、両手で顔を覆う。リカルドはなんて恐ろしいことをしたのだろう。

「私、結婚するのよ」

「……好きでもない男と、か」

リカルドが苦々しげに言った。

「そうよ。まだ会ったこともなければ名前も知らない男とね」

涙を拭ったルチアはリカルドを睨《にら》む。

「なんだと」

リカルドが声を荒らげた。

「なんであなたが怒るの？　関係ないじゃない」

ここまでしておいて、とルチアは自分の体を抱きしめた。

リカルドは勝手すぎる。ルチアはまだ止まらない涙を持て余して俯いた。

「お前は相手を聞いていないのか」

「そうよ。挨拶に来る日に、別荘へ行くことになったから」

ルチアの答えに、リカルドが黙る。どうしたのかと顔を上げると、リカルドの顔から血の気が引いていた。

彼は床に膝をつき、神に祈るように指を組んで天を仰いだ。

「……どうしたの」

いきなり祈りはじめたリカルドに戸惑う。彼はその場でルチアに頭を下げた。

「俺はなんてことを……。すまない」

リカルドを睨む。いきなり殊勝になられたって困る。

「謝るのが遅いわ。最低。……大嫌い」

彼を責める言葉が足りない。ルチアが絞り出した大嫌い、という言葉に、リカルドの肩が震えた。

「必ず償いはする」

神に誓って、とリカルドは言った。だけどどんなに祈っても、失われた純潔はもう戻らないのだ。

「もういいから、放っておいて」

「そうはいかない。体を清めよう、今湯を持ってくる」

慌ただしくリカルドが出ていく。ルチアは放り出されていた夜着をまとい、体を丸める。そうすると体の奥から何かがどろりと溢れて、また泣いてしまう。

ひどい。合意もなく襲われた挙げ句、謝られるなんてひどく惨めだ。こらえされずこぼした嗚咽《おえつ》は、やがて大きな泣き声になって部屋に響いた。


戻ってきたリカルドが体を清めようとするのを拒んで部屋から追い出し、ルチアは自分で身を清めた。

足のつけ根に違和感がある。普段は慎ましく閉じている場所をあんなに広げられたのだから当然だ。

滲む涙を拭い、呼吸を落ち着かせる。ひどいことをされた。それなのにあんなにも簡単に謝られてしまったら、怒りの行き場がなくなる。うまく怒れない。

「大丈夫か？」

途中で何度も覗き込んできたリカルドが腹立たしくて睨む。彼は少しだけ肩を丸めて謝罪した後、食事をしようと言った。

「……分かったわ」

素直に頷いたのは、ルチアが空腹を覚えていたからだ。たぶんもう昼を過ぎている。昨夜からいろんなことがありすぎて、時間が経つのがあっという間だ。

「では行こう」

差し出された手をとれなかった。この手が自分に触れた、そう思っただけで顔が勝手に赤くなる。

「どうした」

リカルドが顔を覗き込んでくる。この距離だと、キスをされてしまうかもしれない。身構えたルチアを見て、リカルドは口元を歪《ゆが》めた。それからルチアの前髪をかき上げ、そっと額に口づける。

「もう合意なしにはあんなことはしない。悪かった」

そんな謝罪で許せるはずもない。ルチアが黙っていると、リカルドが頭をかいた。

「とにかく、何か口に入れよう。その前に、着替えたらどうだ」

そこでリカルドが視線を外した。

「その格好は、かなり目の毒だ」

ルチアが身につけているのは、寝台に放り投げられていた夜着だ。

「これしかないの」

「……用意してある」

リカルドはそう言って、ドアを開けた。廊下で人払いをしてから、ルチアに声をかける。

「大丈夫だ、こちらへ」

ルチアはおそるおそる廊下に出た。なんとなく記憶のある、懐かしい場所だ。

少し歩いただけで、膝から力が抜けそうになる。その理由を考えたくなくて、ルチアは足に力をこめた。なんでもない顔をしてリカルドに続く。

案内されたのは、廊下の向かい側の部屋だった。

「お前の服は用意させた。好きなものを着ればいい」

リカルドが見せてくれた部屋には、たくさんのドレスやローブが用意されていた。

「すごい、綺麗……」

どれも上質そうな生地を仕立てたもので、デザインもはやりのものからオーソドックスなものまでたくさんある。

そしてなにより、ルチアが好む色使いのものが多い。鮮やかだったり、たくさん色が入っていたり、縞模様《しま》のドレス。どれも両親にはしたないと言われてしまうものたち。

「好きな色を着ろ」

「……いいの？」

リカルドの口から出た言葉が予想外で、ルチアは思わず瞬いた。

保守的な彼のことだから、ルチアの両親のように、地味な色ばかり身につけろというのかと思っていた。

簡単に着られる組み合わせを考える。自分の目と似た色のローブを見つけ、手にとった。

「じゃあ、これ」

まるで宝石のような青いドレスは、飾り気がなくゆったりとしたシルエットだ。体のラインが出るドレスは、ルチアに合う下着がないから残念だけどやめておく。

「これは……」

ピンク色のガラスで作られた大玉のビーズネックレスを手にとる。リカルドはルチアの手元を覗き込むと、聞き覚えのある島の名前を口にした。

「知っているか」

「ええ。そこのガラス職人と結婚した人がうちにいたから」

「そうか。あの島のガラス玉は美しいな。宝石とはまた違った美しさがある」

リカルドがそんなことを言いだすとは思わなくて、ルチアは目を丸くした。

「私もそう思うわ」

「お前にはこの色が映える」

リカルドはルチアの首にネックレスを合わせた。

「思った通りだ。よく似合う」

目を細めて言われ、くすぐったいような喜びに包まれる。

「……じゃあ、これにする。着替えるわね」

ルチアはそう言って、青いドレスとピンクのネックレスを手に鏡の前に立つ。後ろにいるリカルドはその場から動かない。

「出ていって」

「なぜだ」

リカルドが首を傾げる。

「着替えるの。あなたがそこにいたら、着替えられないわ」

ルチアはリカルドの腕をとり、部屋から出そうとした。だけど彼は動こうとしない。

「お前の体ならもう隅々まで見ている」

真顔で言い放ったリカルドに、ルチアは固まった。彼の視線が急にひどくいやらしいものに感じて、近くにあったクッションを投げつける。

「最低」

リカルドはこんな男じゃなかった。今日はずっと、幼馴染みとの大切な思い出を汚されている気がする。

「事実を言ったまでだ」

ルチアが睨むと、リカルドは口元を歪めた。

「まあいい。食事の支度をさせよう。着替えたら来るといい」

リカルドはルチアの手をとると、甲に口づけた。リカルドが部屋を出ていく。扉が閉まる音を確認し、ルチアはその場に座り込んだ。

「やだ、もう……」

実はまだ、体の芯が熱かった。リカルドと話しているうちに体が奇妙なほどほてっている。ひどいことをされたのに、いつまでも快感に浸っていたがる自分が怖い。ルチアは深呼吸をしてから立ち上がった。

青いドレスに袖を通す。ちょうどいい大きさだ。あまりに自分にぴったりで、これは本来、誰のものなのかが気になってくる。

どのドレスも真新しい。この別荘にそれが用意されている理由を考えても、ルチアに分かるはずもなかった。

細かな装飾が施された鏡に、自分の姿を映す。脇に結ぶリボンの形を何度も整えてから、その場でくるりと回った。

こんなに鮮やかな色を着たのは久しぶりだ。生地も硬すぎずとても好みだった。だけど、こんな華やかなドレスを誰が用意してくれたのだろう。あのリカルドが選ばせたとはとても思えない。

　ドアがノックされた。

「そろそろいいか」

　ルチアの答えも聞かずに、リカルドが入ってくる。そういえば彼は今日も黒い服だ。

「どうかしら」

「……とてもいい」

　リカルドの口から素直に褒め言葉が出てくると、むずむずする。ルチアは頬が熱くなるのをごまかすようにネックレスを手にとった。長い髪を左側にまとめて流す。

「俺がつけよう」

　ネックレスはリカルドの手に渡った。彼はルチアの胸元に、ガラス玉のネックレスをつけてくれる。首筋に彼の手が触れた瞬間、びくりと震えてしまう。

「……さあ、では食事にしよう」

　リカルドの手が離れ、ルチアはほっとすると同時に一抹の寂しさも覚えた。

「この屋敷の中は昔のままだ。お前も覚えているだろう」

　階段で手を差し伸べられる。ルチアはおとなしくその手をとった。一段ずつ下り、一階に着いた。

　昼食に用意されていたのは、パンとスープ、そしてたくさんのフルーツだった。

「おいしそう」

ルチアの目に留まったのは、ドライフィグのクロスタータだ。食事の場に出ているから甘さが控えめなのだろう。その横にはドライフィグが積まれていた。

祈りの後、ルチアはクロスタータを口に入れた。

「……おいしい……」

さっくりとした生地の上にフィグを煮詰めたものが載っている。さくさくとねっとりが混ざった食感がルチアの口にあった。

「これか?」

リカルドもドライフィグのクロスタータを口に運ぶ。

「あなた、フィグを食べられるの?」

幼い頃、ルチアがおいしいのよと言ってドライフィグをリカルドの口に入れたことがある。彼は一口噛んで泣きそうな顔をした。

「この種がいやだと言ってたじゃない」

飲み込めなくて涙目になった姿をルチアははっきりと覚えていた。ひどいことをしたと反省し、それからは勝手に誰かにものを食べさせていない。

「昔の話だ。食の好みが主張できない環境にいたからな。今はなんでも食べる」

修道院の生活は質素だと聞いたことがある。貴族として生まれたリカルドは、その簡素さに耐えられたのか。

平然と再びドライフィグに手を伸ばすリカルドの横顔は、記憶の中よりもずっと大人だ。いつも自分の後ろをついてきた幼馴染みの面影が消えかけているのは寂しい。

食事を終えると、リカルドはルチアにお茶を勧めた。場所を移し、窓が見えるソファに少し離れて腰かける。

トライアーノ家の別荘は、ファリエール家の別荘よりネッビア本島に近い。高い位置まで埋め立てられたようで、目を凝らせばセッラーノ大広場を上から眺めることができた。

「綺麗ね」

ネッビアは、海の上に人が造り上げた国だ。散らばった小さな島々を、橋が本島に縫いつけている。

「俺がいない時は、決して外には出ないように。分かっているな」

「ええ」

さすがに今の環境が安全だということくらいは分かっている。素直に返事をしたのに、リカルドは疑いの目を向けてきた。

「……なによ」

信じられないと言わんばかりのリカルドの視線を軽く睨む。すると彼は大げさに肩をすくめた。

「お前はそう言っていつも、家の者たちから逃げていたではないか」

「子供の頃の話じゃない」

今は違う、と言いかけて、そういえば別荘に来たのは夜間の外出が見つかったことが原因だと思い出した。

「とにかく、しばらくはここで我慢してくれ」

「……分かったわ」

おとなしく頷いた。リカルドも納得したのか小言はなかった。

お茶を口に含む。優しい香りとほんのりとした温かさを味わっていると、リカルドがこちらを見ていることに気がついた。

「……なに？」

「そのドレスはいい色だ。お前によく似合っている」

まっすぐな褒め言葉にルチアは照れた。ありがとう、と小さな声で返す。照れくささからルチアは話題を探し、ねぇ、とリカルドに声をかけた。

「私はここで何をして過ごせばいいの？　レースを編んだり、ビーズを作ったりすればいい？」

貴族の娘の趣味として推奨されるのは、レース編みやビーズ細工といった、細々とした作業だ。ルチアはどれもできるけれど、正直にいえば苦手だった。

「お前が好んでそれらをするとは到底思えないが」

リカルドはカップを口に運んだ。

「……そうだけど」

なぜ知っているのだろう。不思議に思ったルチアの前で、リカルドが肩をすくめた。

「だろうな。あれはとても根気がいる作業だ。お前には向かない」

とても失礼なことを言われた気がする。だけど事実なのでルチアは反論しようがなく、不満をお茶と共に呑み込んだ。

「まあこの館の中なら、好きに過ごせばいい。お前は確か、ダンスが得意だったな」

「得意というわけではないけど、好きよ」

幼い頃から、ルチアはじっとしているより体を動かすほうが好きだった。一時期は熱心にダンスの練習をしていたのも、貴族の娘として許される趣味の中で最も自分の性格に合っていたからだ。

「ではその腕前を見せてもらおうか」

「いや」

ルチアは首を横に振ってすぐに断った。

「なぜだ？」

リカルドが心外だと言わんばかりにこちらを見る。ルチアは無言でお茶を口に運ぶ。

だって言えない。足のつけ根が、まだなんだかもやもやしているなんて。

だがリカルドはやたらと乗り気で、さっさとお茶を飲み終えて立ち上がった。

「軽くでいい。さあ、手を」

差し出された手を見られず俯く。するとリカルドは自然に、だけど強引に、ルチアの腰に手を回した。

「……少しだけよ」

口元を引き結ぶリカルドから諦めてくれない気配を察して、ルチアはため息をついた。彼が頑固な性格なのは知っている。これはダンスを見せるまで譲らない顔だ。

「ああ、それでは広間へ」

リカルドは楽しげにルチアの腰に手を回す。それから逃れて、ルチアは彼より前を歩いた。広間の場所はよく覚えている。

廊下ですれ違ったトライアーノ家の使用人は、男女共にとても無口だ。賑やかなファリエール家とは違いすぎる。特に男性は随分と大柄で屈強な人が多く、怖いくらいだった。

廊下の奥にあるのが大広間だ。リカルドが扉を開けてくれる。饗宴にも使う広間は平常とあって飾り気は少ないものの、やはり豪華だ。

「さて、お前のダンスの腕を見せてもらおうか」

リカルドが手を差し出した。

「あなた、踊れるの？」

「当たり前だろう」

リカルドはルチアの右手をとり、自分の唇に触れさせた。誘いの合図だ。ルチアも右手を唇へ持っていく。了承と判断したリカルドはルチアの左手を右手でとり、左足を後ろに引いて膝を曲げた。どの動きも淀《よど》みなく優雅だ。洗練された仕草に驚きつつ、ルチアも揃えた両足から左足を引き、膝を折って体を屈《かが》めた。

音楽はないけれど、リカルドにリードされるままステップを踏みはじめる。最初の数歩はぎこちなかったけれど、すぐにリズムがあった。足の違和感も気にならなくなってくる。

「幼い頃もこうして踊ったな」

リカルドが珍しく声を弾ませた。

「初めて会った日のことを、覚えているか」

「……その話はやめて」

まだ両家の仲がこじれていなかった頃だ。ファリエール家は、トライアーノ家の饗宴に招待された。両親や兄、姉たちと共にこの別荘にやってきたルチアは、鏡の前で誘われた時に笑って応える練習をした。誘いを受けるのが貴族の娘のたしなみだと母親やダンスの教師に言われていたから、ちゃんとできるか確認しておきたかったのだ。

それをリカルドは横で見ていた。そしてなんで鏡に笑いかけるのか、と真顔で聞かれたのだ。練習している場面を見られたルチアは、恥ずかしくて顔が真っ赤になった。

「お前はダンスの練習をしていると言い張った」

「本当にしていたのよ」

ダンスに誘われたらそうしろと姉たちに教えてもらったから、その練習をしていたのだ。嘘はついてない。

「そういうことにしておこう」

リカルドの笑い声が広間に響く。当時の羞恥を思い出して頬が熱くなる。リカルドは昔から本当に空気を読まない。そういうところは変わってなかった。

「俺が最初にダンスに誘ったのはお前だ」

「そうね」

差し出されたリカルドの小さな手を、ルチアは覚えている。あの時はあんなにかわいかったのに。

「お前が最初に誘われたのも俺だな」

「それがどうかしたの」

「いや、別に。ただ事実を確認しただけだ」

子供たち二人で踊る姿は招待客に好評だった。後から父にも母にも褒められて嬉しかったことを思い出す。でもあの時と、今の自分たちは違う。もう無邪気には踊れない。洗練されたリカルドのリードに戸惑いながら、広間を二人で踊った。音楽も何もないから、ただ同じステップを繰り返すだけ。

ダンスはこんなに体を近づけただろうか。お互いの息遣いも感じる距離を意識した途端、気恥ずかしさを覚える。

自分の記憶の中のリカルドと、目の前の彼がどうにも繋がらない。何年も顔を合わせなかったという理由だけでは説明できない部分がある。少なくとも、ルチアの知るリカルドは、合意もなしにルチアに触れるような男ではなかった。

なんで、と聞きたい。でもその勇気が出ない。こんなことは初めてで混乱する。

「……もういいでしょう？」

ルチアはリカルドにそう言い、足を止めた。

「疲れたか」

「ええ、少し休ませて」

リカルドはあっさりと手を解いた。彼は広間をぐるりと見まわすと、腕を組んだ。

「ここでは落ち着かないだろう。横の控えの間でいいか」

それだけ言うと、ルチアの返事も聞かず、広間の横にある扉を開けた。さっさと中に入ったリカルドに続いて中を覗き込む。彼は大きな鏡の前に立っていた。

「……懐かしい」

来客が饗宴前に控え室として使う部屋にある鏡。これはルチアが昔、誘われる時に笑って応える練習をしたものだ。

「そうだな、懐かしい」

リカルドは目を細め、鏡の装飾に触れた。それから彼はルチアのために椅子を用意してくれる。

「ありがとう」

素直に礼を言って腰かける。リカルドは無言で頷き、なぜかルチアの隣に椅子を置いた。そして当然のように、そこに腰を下ろす。

「……一人にして」

「断る。目を離すとお前が何をするか分からない」

随分と信用がない。口をとがらせたルチアに、リカルドは真剣な面持ちで言った。

「心配なんだ。落ち着くまではゆっくりとしていてくれ」

いいな、と念を押されて、ルチアは頷くしかなかった。

この国では一体、何が起ころうとしているのだろう。分からないだけに怖くて、ルチアはそっとドレスを握った。

日が暮れる前に夕食が始まった。大きなテーブルには清潔なリネンがかかっていて、生ハムとチーズのリゾットに、豆のスープ、いちじくのサラダといったメニューが並ぶ。肉は鶏肉《とりにく》で、塩味が強めだった。

リカルドと二人きりで、ひどく静かだ。皿にカトラリーのぶつかる音がやけに大きく聞こえる。

黙々と食事をするリカルドに、ついため息が出た。

「何か不満か。食べられないものでもあったか」

リカルドは真面目な顔をして聞いてくる。

「料理はおいしいわ。……ねぇ、何か話して」

沈黙に耐えきれずにそう言った。自宅での食事は会話が絶えなかった。叔父のマルコと二人の食事も、それなりに会話はあった。でもリカルドは食べる以外に口を開きもしない。

「どんな話がいい」

「なんでもいいわ」

「そう言われても困るな」

リカルドが手を止める。真顔で考え込む彼に、ルチアは肩をすくめた。

「この二年、どうしていたの」

会話のきっかけは自分が作ったほうがよさそうだ。ルチアは気になっていたことを口にした。

「あなたがいない間、かなり噂になっていたのよ」

「噂？」

「そう。好きな人と結ばれないから、この国を出たと」

それが事実か確認したくて、でも適切な言葉が浮かばないままにリカルドを見る。彼はああ、とあっけなく頷いた。

「それは本当だ」

リカルドはそこでルチアから視線を外し、皿に目を落とした。

「ここにいてはかなわぬ思いだった。ここを出て毎日、祈りを捧げた。そうすれば諦められると思っていたのだが」

続く言葉はなかった。それはつまり、彼の胸には今も、その人がいるということだろう。

ルチアは食事の手を止めた。

好きな人と結ばれずに国を出た。噂が事実だと分かったのに、すっきりしない。その理由は分かりきっていた。

彼が恋した相手は、誰なのか。それを知りたくて、でも聞いていいか分からず、ルチアは皿に視線を落とした。リカルドが今どんな表情を浮かべているのか、知りたくなかった。

「……この話はここで終わりだ」

強引に会話を打ちきると、また静けさが戻ってくる。ルチアは黙ったまま、食事を再開した。


窓を開けるなと言われているので、謝肉祭の声も届かない。ルチアは自分に与えられた部屋で、窓枠に腰かけて月を見つめた。この光に照らされた仮面を思い浮かべる。

月が満ちている。今日が約束の日だ。

彼はルチアを迎えに来てくれているだろうか。そしてルチアがいないことに気がついて、何を感じるのか。

会いたい。会って、話をして、そしてもう一度、口づけてほしい。

だけどもう、自分は清らかな体ではないのだ。合意ではなかったとはいえ、暴れるほど抵抗したとはいえない状態で、リカルドに汚された。

時間を戻せたらいいのに。

できないことを願いながら、ルチアはため息をついた。誰かを好きになることが、こんなに苦しいなんて知らなかった。もっと幸せな気持ちになれるものだと信じていたのに。

ぼんやりと見上げた満月を、彼もどこかで見ているだろうか。考えただけで胸が痛くなる。

リカルドも、つらい恋をしたのだろう。国を出るという選択をした彼のほうが、自分よりずっと大人だ。でも、だからといって自分にしたことを許したくない。

何度目かのため息をついた時、扉が開く音がした。振り返ると、燭台を手にしたリカルドが入ってくるところだった。

「起きているか」

「…………」

ルチアは答えなかった。リカルドは気にせず近づいてくる。彼は器用にも右手に燭台を、左手に酒器とグラスを持っていた。

「……なに」

装飾の施されたグラスと酒器が窓際のテーブルに置かれた。

「ぶどう酒だ」

燭台もそばに置かれ、部屋が明るくなる。

「グラスはひとつだけ？」

「これで充分だろう。口移しでもいいか」

「お断りするわ」

リカルドがグラスにぶどう酒を注ぐ。彼はそれをルチアに差し出した。それをすぐに受け取らなかったのは、ルチアには就寝前に酒をたしなむ習慣がないからだ。

「ぶどう酒は嫌いだったか」

「好きよ。嫌いなのはあなたじゃないの？」

ルチアは行儀悪く足をばたつかせながら言い返す。リカルドの前では気取る必要はないだろう。彼はルチアのことをよく分かっている。

「俺が？　なぜ？」

訝《いぶか》しげな顔をしているリカルドに眉根を寄せた。

「だって、ぶどう踏みの時に怒ったじゃない」

子供の頃の思い出がルチアの頭には浮かんでいた。ぶどうの入った桶からルチアを引っ張り出した時、リカルドは真っ赤な顔で怒っていた。

「あれは……」

リカルドが言いよどむ。何かわけがありそうだと判断して、ルチアはリカルドに向き直った。

「何があったの」

問いにリカルドは答えず、グラスに口をつけた。一口飲んでから、覚悟を決めたような面持ちで言いきる。

「仕方がないだろう。同じ桶でぶどうを踏んだ男女は結ばれるという言い伝えがある。それなのにお前は、どんな男とも気軽に桶に入った。貴族の娘として許されないことだ」

「……え、結ばれる？」

そんな言い伝えは知らない。ルチアが聞き返すと、今度はリカルドが驚いた顔をした。

「知らなかったのか」

「今、初めて聞いたわ」

常識を知らないように責められても、本当に知らなかったルチアは困る。

「そう、か……。知らなかったとは……」

そんな意味があると知っていたら、さすがにルチアも無邪気に桶の中には飛び込まなかっただろう。たぶん。……言いきれるだけの自信はないけれど。

「知らなかったとはいえ、お前は無防備すぎた」

「そうね」

素直に頷いておく。あの時のルチアは何も知らなかったから、あんな風にぶどうを踏めたのだ。

ああ、やっぱり自分は幼くて、知らないことが多すぎる。

リカルドは再びグラスをルチアに向けた。ルチアが緩く首を振る。リカルドは左手でルチアの腕を掴んだ。そのまま彼が顔を寄せてくる。

「ルチア」

名前を呼ばれた瞬間、背中に感じた甘い痺れはなんだろう。固まるルチアの唇にリカルドの息がかかる。

咄嗟にルチアはリカルドから顔を逸《そ》らした。あからさまなため息がすぐそばで聞こえる。

「なぜそんなに口づけをいやがる」

「…………」

リカルドは酔っているのだろうか。グラスをテーブルに置いて彼は、窓枠についた手でルチアを囲う。

「お前の心には誰が住んでいる？」

答えられなかった。ルチアを見つめるリカルドの視線は真剣だ。心の奥底まで暴こうとするかのようなまっすぐさに怯《ひる》む。

「なんの話？」

とぼけて逃げようとした。だがリカルドは許してくれない。

「好きな男がいるようだな」

いない、と即答できなかった。応えないルチアの前で、リカルドが唇を噛んだ。

リカルドはこんな顔をしていただろうか。喜怒哀楽をすべて混ぜてしまったかのような表情に戸惑う。お互いの体温を感じるくらいそばにいるのに、リカルドがひどく遠くにいるように感じた。

「お前の初めての男は俺だ。それだけは忘れるな」

傲慢《ごうまん》な物言いと共に、リカルドは窓枠から手を離す。背を向けられた瞬間、ルチアの胸元が締めつけられるように痛んだ。どうしてこんなに傷つけられなければいけないのか、理解できない。

「あなた、変わったわね。昔はもっと、……無口だったのに」

「お前がいるところでは喋らなかっただけだ」

リカルドはルチアに背を向けたまま、ぶどう酒を飲む。

「そんなに私がいやだったの」

絞り出した声は震えていた。家同士が険悪になってからはともかく、子供の頃は仲がよいつもりだった。けれどそう思っていたのは、自分だけだったのか。

「そうではない。お前が俺の声を変だと言ったからだ」

振り返ったリカルドは暗い目をしていた。

「……私が？」

咄嗟に口をついた疑問に、リカルドが目を吊《つ》り上げた。

「そうだ。覚えていないのか」

「……えっと、……」

思いあたらないが、リカルドの様子からして嘘とは思えない。彼は大きくため息をついてから、グラスのぶどう酒を飲み干した。

「ある日急に、声が出なくなった。変声期だと気がつかずにいた時、お前が言った」

『どうしたの、変な声を出して』

そんなことを言った記憶がある。ルチアの顔から血の気が引く。

「……それは、……ごめんなさい、あなたの声がいつもと違ったから……」

男の子は成長と共に声が変わるのだと、ルチアは知らなかった。だからリカルドの声の変化が不思議でならなかったのだ。無知ゆえに放った自分の言葉が、彼を傷つけているなんて知らなかった。

「この声が、お前に嫌われたのだと思っていた。だからお前のそばではできるだけ喋らないようにしていたのだが……」

リカルドが頭を抱える姿を見て、もしかして、とルチアは瞬いた。

──リカルドは、私のことが好き……？

頭に浮かんだ仮定に、ルチアは首を傾げた。

そんなはずはない。だって生真面目なリカルドは昔からルチアに小言ばかりだ。

それに、好きならきっと、先に言ってくれるはず。ルチアの知るリカルドなら、まっすぐに思いを打ち明けていた。

ルチアはそこで両手を握った。

じゃあなぜ、結婚を控えたルチアを抱いたのだろう。好きな人を忘れられないのに、どうして。

「ねぇ、リカルド」

「なんだ」

「あなたが……」

好きな人は誰か、ルチアの知る人なのかと聞くつもりだった。だがその勇気を使う前に、視界の隅で何か赤いものが見えた。窓の向こうに見えるあれは、炎だ。

「リカルド、あれを見て」

ルチアの声とほぼ同時にリカルドの目が窓の外へ向く。彼はすぐに表情を引き締めると、ルチアの手をとった。

「あれは……」

前にルチアを襲った、異国の男たちだ。その場が崩れるような恐怖にルチアは震える。今度はここが襲われるのか。

「怖がらなくていい。お前は俺が守る」

リカルドはルチアを一瞥《いちべつ》した。

「そのドレスは動きやすいか」

「ええ」

「それではずっと、俺のそばにいろ」

いいな、と確認したリカルドがルチアに念を押す。ルチアは震えながら頷いた。リカルドは寝台に手を伸ばすと、細長いものを取り出した。月明かりを浴びたそれが鈍く輝く。剣だ。

「まずはここを出る。屋敷に火をつけられる前に逃げるから、そのつもりで」

「火を？　そんな恐ろしいことをするの？」

「そうだ。……行くぞ」

リカルドがルチアの手をとる。彼は廊下に出るとすぐ、壁にある紐《ひも》を引いた。重たい鐘の音が廊下に鳴り響く。

「こっちだ」

階段へ向かって走る。ルチアはドレスの裾《すそ》を持ち、必死にリカルドの後を追う。階段にたどりついたその瞬間、何かが壊れる音が聞こえてきた。

震えている余裕はなかった。飛び降りるみたいに階段を下りたところに人影が見えて、咄嗟にリカルドの背に隠れる。

「安心しろ、うちの者たちだ」

言われて顔を出してみれば、確かに今日顔を見たトライアーノ家の使用人たちだ。屈強な男性たちが今はとても頼もしい。

「いいか、ルチア。ここを出たら、賊が来た方向とは逆の水路に走る。そこのゴンドラに乗れ」

「分かったわ」

どうして二日連続でこんな目にあうのだろう。不安だけど、ここはリカルドの言う通り逃げるしかない。

ルチアはドレスの裾を大胆に持ち上げ、きつく縛った。これでもう少し速く走れる。

リカルドが小さなドアを開けた。月明かりのおかげで、水路とゴンドラが見えた。人影はないが、物音は聞こえる。

「行くぞ」

走りだしたリカルドに続いて外へ出る。冷たい夜風が今は気持ちがいい。乱れる髪を左手で押さえ、ルチアは必死で走った。後ろにはトライアーノ家の人たちがついてくる。

「邪魔だ」

リカルドが声を上げるなり、目の前にいた男を剣で払った。月明かりから隠れるよう立っていた男にルチアは気づかなかった。

怖い。震えそうになる足を叱咤《しった》し、ルチアは走った。振り返る余裕はないが、声や物音は聞こえる。たぶんルチアたちが外を走っていることに敵が気づいたのだろう。

リカルドは華麗に剣を操り、男たちを寄せつけない。リカルドの背が頼もしかった。

息を切らして走る。こんなに走ったのは生まれて初めてだ。

「振り返るな」

後ろでいろんな音がしている。気になってはいるが、リカルドがルチアを隠すように走るせいで何も分からない。

「乗れ」

リカルドに手を引かれ、ゴンドラに飛び乗った。ゴンドラが激しく揺れる。ゴンドリエーレはいないが、トライアーノ家の紋章がついたゴンドラだ。

反対されても漕ぎ方を教えてもらえばよかった。こんな場面で役に立たない自分が悔しい。リカルドはルチアを守ってくれようとしているのに、ルチアはリカルドを守れないなんて。

「屈んでいろ」

鋭い声に言われ、ルチアはゴンドラの上で身を縮めた。周囲をうかがっていたリカルドが、ゴンドラから飛び降りる。

「貴様か」

リカルドは闇に溶けそうな男と向きあっていた。男はルチアには見えない速さでリカルドを突く。それを軽やかにかわしながらも、リカルドが距離を縮める。男が引く。そうして少しずつ、ゴンドラから離れようとしているのだ。

ゴンドラが動きだす。リカルドがちらりとこちらを見てから、左の腰を確認するように撫でた。

それは一瞬だった。ルチアには何が起きているのかよく分からないうちに、リカルドが短剣を男の喉元に突きつけていた。

この動きを、知っている。あの仮面の騎士と同じ動きだ。

まさか、そんな。

ルチアは自分の鼓動を遠くから感じた。そんなはずはない。

男はリカルドの足に向けて剣を振る。軽やかに跳んだリカルドは、男の腕を蹴った。

「っ」

男の唸《うな》り声と共に、手の剣が落ちる。リカルドは俊敏な動きで男との距離を詰め、その腕を摑んだ。後ろにひねり上げ、その場に膝をつかせる。

「誰に頼まれたかなど分かっているが、一応聞いておこう」

今度は剣を首筋に突きつけたリカルドが問う。男は口を引き結んだ。リカルドの手に力が入る。ルチアはたまらず目を閉じた。

「そこまでにしてくれないか」

聞きなれた声が響く。ルチアはおそるおそる目を開けた。リカルドは男から剣を離している。声が聞こえた方角に目を向けると、ファリエールの紋章をつけたゴンドラがすぐそばまで来ていた。

「お父様」

声の主はルチアの父、ファリエール公爵だった。ゴンドラから降りた父は、ゆっくりとリカルドに近づいてくる。

「ルチアの前で物騒な真似《まね》は控えたまえ」

「失礼しました」

父に言われ、リカルドは素直に剣を収めた。その隙に逃げようとした男に足をかけて転ばせ、首の後ろを手で打つ。その場に崩れた男を見下ろし、ルチアの父が鼻を鳴らした。

「遅くなったね、ルチア。無事だったかい？」

「ええ、大丈夫よ。でもお父様がどうしてここに？」

周囲を見まわす。十人ほどの男がとらえられ、庭の中央に集められていた。

「あいつらを捕まえるためだ。あれは他国の、金次第でなんでもやる奴《やつ》らだ。あの無礼な家が雇った」

おおざっぱな説明にルチアは首を傾げた。すると父はため息をついてから、数ヵ月前にサロンの入り口でルチアにいきなり求婚してきた男の家だと言った。

「あの公爵家の？」

にやついた男は確か七歳年上だった。

「そうだ。求婚を断ったのは、あの家が借金まみれだからだ。義務も果たさず、賭博にうつつを抜かすような一族にお前はやらん」

父はそこでルチアの頭を軽く撫でた。

「奴の狙いがお前と分かったから、ここに匿《かくま》ってもらった。まさかこんなに早く突きとめられるとは思わなかったが。怖い思いをしただろう。間に合ってよかった」

「どういうこと、狙われたのは私……？」

肌が粟立つ感覚にルチアが震える。父はルチアを撫でたまま、周囲に指示を出していく。

異国の男たちは縛られたままゴンドラに乗せられた。彼らはきっと法で裁かれるのだろう。

彼らの狙いは、ルチアだった。それが分かった途端に怖くなる。

「リカルドはお前を守ってくれたね？」

「はい」

ルチアは素直に頷いた。リカルドが恭しく頭を下げる。父は満足そうに目を細めた。

「なるほど。それでこそ、ルチアの夫となるにふさわしい男だ」

「……夫？」

父の一言に、ルチアは瞬いた。

「なんだ、話していなかったのか」

父がリカルドを見た。その視線にルチアもつられる。リカルドは目を逸らし、頬をわずかに赤らめた。

「実はまだ……」

「どういうこと」

朝の霧のようにもやもやとしていたものが、一気に晴れた。同時にこみ上げてくるのは、黙っていたリカルドにたいする怒りだ。

「なんで言わなかったの……！」

ルチアはリカルドに詰めよった。さっきまでは凛《りん》として頼れた背中も、今はただの嘘つきだ。

「すまない。言えなかったのだ」

項垂れたリカルドにルチアは何も言えなくなってしまう。

「待て、どういうことだね」

さっぱり分からないという顔で、ルチアの父が割って入る。

「君は私に内緒でルチアと夜に出かけるほど親密だと言ったと記憶しているが、嘘だったのか」

ルチアはリカルドの顔を見た。それはつまり、ルチアが夜に見つかった時、リカルドが一緒にいたと申し出たことになる。

「嘘ではありません。なあ、ルチア」

目くばせされたら、口裏を合わせるしかない。ルチアは黙って頷いた。

「ただ、詳しくは正式な求婚をしてからと思いまして、今夜がその予定でした」

「そうだったか。災難だったな」

リカルドをねぎらった父は、さて、とルチアを見た。

「疲れただろう。まずは帰ろう。求婚は改めてでいいだろう?」

「はい」

父の前でのリカルドは神妙な顔だ。ルチアはたくし上げていたドレスの結び目を解いてから、リカルドに近づいた。

「私ね、会いたい人がいるの。……今夜は満月だから」

リカルドの目をまっすぐに見る。彼は視線を外さず、分かったと頷いた。

仮面の騎士とは、満月の夜に会うと約束した。それが今日だ。彼はきっと、来てくれる。

後始末はリカルドに任せ、ルチアは父と共に本島へ戻ることになった。ゴンドラに揺られていると、夜風が冷たい。

謝肉祭の歓声が聞こえる。ルチアは目を細めて、その光景を眺めた。あの場所に憧れていた。そして出会った運命の人は、案外そばにいたようだ。

「そのドレスはどうした」

不意に父が言った。

「リカルドがくれたの」

正直に答える。父が望むような色でもデザインでもない。

「ふむ、……まあ、悪くないな」

予想外にも父は小言を言わない。褒められた嬉しさで、ルチアは笑った。張り詰めていたこの数日間で、やっと心から笑えた気がした。

「おかえりなさい、ルチア。心配したのよ」

父と共に本島の邸宅に戻ると、母が迎えてくれた。

「マルコから無事だとは聞いていたけど、不安で。よく顔を見せて」

「大丈夫よ、お母様。リカルドが助けてくれたわ」

「そう、よかった。あの子は昔から、あなたのことが好きだから」

母はさらりと言いのける。ルチアは頬がかっと熱くなって、何か言いたいけど言えずに口を開閉する。

「まずはゆっくり休め」

父に促され、ルチアは素直に自室に向かう。

騒動が収まり、心配そうに顔を出す兄やリオネッラと話すうちに、夜も更けてきた。ルチアは夜着に着替えず、青いドレスのまま月を眺めていた。

月明かりに水面が輝く。ぼんやりと見ていると不意に光が陰った。ルチアが瞬くと、バルコニーに仮面の男が現れた。

ルチアはドアを開け、男に手を伸ばす。

「来てくれたのね、リカルド」

「……やっと気がついたか」

仮面のせいか、声はくぐもっている。だけど今なら分かる。近くで何度も、この声を聞いたから。

「ええ」

ルチアが頷くと、リカルドは仮面に手をかけた。外すとすっかり見慣れた顔が現れる。

「遅くなってすまない」

「大変だったんでしょう、ここに来て大丈夫？」

「もちろんだ。それに今日、お前と会うと約束した。話すことがあると言っただろう」

約束をちゃんと覚えていてくれたことが嬉しい。

「ええ、聞かせて。そこは寒いわ、中に」

できるだけ音を立てないように窓を開く。リカルドは月光のようにするりと中に入ってきて、ルチアの足元に跪《ひざまず》いた。

「すべてが片付いた今なら言える。……幼い頃からずっと、お前だけを愛している」

「嘘……」

告白をつい反射的に否定していた。

「嘘ではない」

信じてほしい、とリカルドはルチアの手をとった。

何度も助けてくれた彼の手を見つめる。信じていいのだろうか。――でも。

「じゃあなぜ、この国を出ていったの？」

私を置いて、とは言えなかった。だけどそういう気持ちがあったのだと、ルチアは今になって知る。

ずっと心の奥底でひっかかっていた。リカルドに好きな人がいたという噂を信じたくなかったのも、それが自分じゃないと思っていたからだ。

「俺が次男だからだ。父は俺に、結婚は絶対に許さないと言った」

リカルドが視線を落とした。

「生まれた順番や、家の諍いのせいでお前を諦めなければならない。そんな世の中に絶望し、俺はネッビアを出た。そうすれば、お前が他《ほか》の男のものになるのを見なくて済む」

もちろん、とリカルドが続ける。

「何度も夢を見た。お前を連れてこの国から逃げ、二人で暮らすことを。だけど、それはお前が望むことではないと思った。お前がこの国を好きなことは知っていたから」

沈痛な面持ちで語られる思いに、ルチアは何も言えなかった。彼がこんなに、自分を愛してくれていているなんて知らなかった。

「風向きが変わったのは先月だ。父から俺に、戻ってこいと連絡があった」

そこでリカルドは顔を上げ、ルチアを見つめて力強く言いきった。

「トライアーノ家は俺が継ぐ」

「……え？　お兄様はどうなるの？」

リカルドには兄、ジョルジョがいる。幼い頃から芸術を愛し、時間があれば絵を描き楽器を弾いているような人だ。あまり丈夫ではなく、最近では表舞台に出るのは観劇の時くらいと聞く。

「ジョルジョは家督を継ぐには体が弱すぎる。父と兄の話し合いの結果だ。兄自身も、華やかな場に出るような生活はしたくないと言っている。それで俺が戻ることにした。ただし、条件がひとつだけあった。なんだと思う？」

問われてもルチアは答えられなかった。リカルドは口元を緩めると、お前だ、と言った。

「俺が跡を継ぐための条件は、お前と結婚することだ」

「……私と？」

「そうだ。父は渋ったが、それならこの家が途絶えても俺は構わないと言ったら折れた」

自慢げなリカルドを、かわいいと表現したら怒るだろうか。幼い頃、何かひとつ覚えた時にルチアに報告してきた彼を思い出して、頬が緩んだ。彼はやっぱり、変わっていない。

「すべて戦で解決しようとする、父のやり方は古い。俺はファリエール公爵が目指される、対話を重視した外交に賛成だ。俺の代になれば、もっと積極的な外交を推進する」

それで父の機嫌がよかったのか。ルチアは納得した。リカルドの父とは相いれなくても、次期当主の息子が自分と同じ意見であれば心強いはずだ。

議会での対立をきっかけに、両家の関係は冷え込んでいる。縁談を成立させるには、ルチアの父が賛成しなければ始まらない。

「ただ、父が重視しているネッビアの伝統工芸保護にも賛成している。ネッビアのレースやビーズの技術は素晴らしい。それを使って、お前の花嫁衣装を作ろう。どうだ?」

あまりに素敵な提案に、ルチアはときめいた。リカルドはルチアが何を望んでいるのか、怖いくらいに知っている。

「ルチア。改めてお願いする。俺の愛をお前に捧げる。この手をとり、共に生きると誓ってくれないか」

伸ばされた手と、真剣な眼差し。ルチアはその手を握った。

「よろしくお願いします」

そう答えた瞬間の、リカルドの幸せそうな表情をルチアは一生忘れない。眼差しからも溢れる愛が嬉しい。

「ありがとう」

立ち上がったリカルドに抱きしめられる。頬に手がかかった。

「口づけても、いいか」

なぜわざわざ確認するのか、理由は分かっている。ルチアが拒んだあの時を、リカルドは忘れていないのだろう。熱を孕んだまっすぐな視線がルチアを落ち着かなくさせる。

「………」

目を閉じたことが、ルチアの答えだった。一瞬の間の後、唇に柔らかなものが触れる。何度か角度を変えて押し当てられた後、表面を舐められた。

「んっ……」

自然とルチアの唇は開いた。リカルドの舌先が中に入ってきて、内側をくすぐる。軽く水音が聞こえ、ルチアは震えた。

ゴンドラに揺られながら交わしたキスを思い出す。あの時と同じ、いやそれ以上に、求められている。

リカルドの手がゆっくりとルチアの髪を撫でた。お互いの呼吸が競うように乱れていく。触れた舌先を吸われ、ルチアの体から力が抜けた。その場に崩れそうになる体を、リカルドが支えてくれる。

リカルドの胸におさまる。肩の下に頭を当てるとちょうどいい。リカルドの腕が腰に回される。あまりにもぴったりすぎて、こうするのがとても自然な気がした。

「お前が愛した男は俺だと分かったか」

口元を笑みの形にしたリカルドが問う。

「……分かったわ」

彼の顔にそっと手を伸ばした。

リカルドはじっとルチアを見ている。その黒々とした双眸《そうぼう》に、自分の姿があった。

仮面ひとつで、なぜ気がつかなかったのだろう。この瞳が、ルチアだけを見ていたことに。

「でもどうして、教えてくれなかったの」

ルチアを好きだというのなら、そこで告白するという方法もあったはずだ。余計な回り道をするなんて、リカルドらしくないと思った。

「悔しかった」

「……悔しい？」

リカルドはルチアから顔を背け、髪を撫でながら言った。

「ゴンドラで俺の腕に抱かれたお前は、恋する女の目をしていた。しかしお前は、仮面のない俺をあんな目で見てはくれなかった。……好きではない男と結婚すると言っただろう。つまりお前は、俺を好きではないのだと思い知らされた」

「それは、……あなたが相手だと、知らなかったから……」

「知っていたら縁談を喜んだか？」

リカルドの問いに、ルチアはすぐ答えられなかった。あの時の自分なら、リカルドとの結婚なんてありえないと言ったかもしれない。

無言のルチアで察したのか、リカルドは小さく笑った。

「責めてはいない。先に距離を作ったのは俺だ。とにかく俺は、仮面を外して顔を見せてしまったら、お前の目からあの熱がなくなるのではないかと怖くなった。それで、……俺は、自分に嫉妬《しっと》するという貴重な体験をした」

口元を歪ませたリカルドは、ルチアを引き寄せた。

「この瞳に他の男を映すことは許さない」

腰を抱く彼の手に力がこもる。そんなに怖い顔をしなくても、ルチアが恋い焦がれた相手は結局リカルドなのだから心配しなくてもいいのに。

「もうひとつ、聞いてもいい？」

この状況なら、抱えていた疑問を口にできる気がする。促すようにリカルドはルチアの髪を自分の指にくるくると巻きつけた。そういえば、幼い頃にも同じことをされた気がする。リカルドはルチアの髪を好んでいるようだ。

「私が好きなら、どうして、……ゴンドラの上で、最後までしなかったの？」

月明かりの下、初めてキスをした。触れられた瞬間に覚えた恥ずかしさも、あの手の温もりも、全部覚えている。そしてそれが、途中で終わったことも。

「……それは、その……」

リカルドが口ごもる。ごまかすようにキスをしかけてくるので、ルチアは唇を手で隠した。

「あの時の俺はまだ、身分としては聖職者だった。だからあれ以上は許されないと思ったのだ」

「……そういうところ、変わってないのね」

やっぱりリカルドはリカルドだ。融通がきかないその真面目さが、今はひどく愛《いと》しいものに感じた。

「それに、お前の初めてを仮面の男が奪う形になるのは避けたかった。ちゃんと俺だと分かっていてほしかった。だから本当はもっと、いい形にしたかった。無理にするつもりはなかった……」

初めてが強引であったことを、リカルドは悔いているのだろう。悲痛な面持ちを、ルチアはもう責める気になれなかった。好きでもない相手と結婚する、と彼に言ってしまった自分にも、ほんの少しは責任がある。

「それはもう分かったわ」

リカルドなら、きっと自分を愛し続けてくれる。勝手にそう確信して、ルチアは笑った。

「ああ、その顔がいいな。お前はいつも笑っていてくれ」

頬にリカルドの手が添えられる。そのまま何度もキスをした。リカルドが唇を離すのをいやがるせいで、角度を変えてずっと唇が離れない。

「んんっ」

唇を吸われたかと思うと、中に入ってきた舌で頬の裏まで舐められる。これまでできなかった分を埋めあわせるかのような執拗《しつよう》さに息苦しくなる。舌先を搦《から》めとられ、こぼれた唾液まで啜《すす》られる。

「っ、……息、できないっ……」

少しだけ唇が離れた隙にそう言って、ルチアは潤んだ目でリカルドを見つめた。彼もまた呼吸を乱している。

「すまない、ずっと嬉しくて、つい」

困ったように目じりを下げたリカルドは、ルチアの唇を親指で軽く拭ってくれた。少し呼吸が落ち着いたところで、リカルドに抱きしめられたまま、寝台に横たえられる。

見慣れた天井が、リカルドの肩越しに見える。

ここはルチアの部屋だ。幼い頃から過ごしたここで、リカルドとキスをしている状況が不思議だ。幼い頃は、こんな夜が来るなんて想像もしていなかった。

「……ルチア」

名前を呼ばれ見つめあっただけで、室内の空気がとろりと溶けだすようだった。

首筋に押し当てられた唇が、肌に痕《あと》を残していく。痛いくらいに吸いつきながら、ドレスに手がかかった。

「このドレス、お父様にも褒められたの」

「そうか。俺はこれがいいと思っていた。やはりよく似合う。脱がせるのがもったいないくらいだ」

言葉とは裏腹に、リカルドは性急な手つきでドレスを脱がせようとする。ルチアは素直に腕を上げ、それを手伝った。

「あなたが選んだの？」

「そうだ。結婚前に準備しておこうと思ったが、少々やりすぎた自覚はある」

リカルドは脱がせた青いドレスを寝台のそばにある椅子に置いた。

「いいえ、……あそこにあったドレス、好きなものが多かったわ。あなたが選んでくれたのね」

あの素敵なドレスやローブが自分のために用意されたと知って、ルチアは笑みを浮かべた。

「それはよかった。お前はどんな色も似合うが、この色は特にいい。だがどんなドレスをまとおうと、お前がいれば俺はそれでいいんだ」

リカルドの手は優しく、だけど確実にルチアの体から布を取り去っていく。下着をすべて脱がされ、生まれたままの姿になった。

「綺麗だ」

リカルドはまぶしいものを見るかのように目を細めた。彼はルチアに体重をかけないようにのしかかってくる。足の間に膝を入れられて、閉じることもできなくなった。

リカルドは無言で胸に触れてくる。ふくらみを両手で包んだ彼は、それを中央に寄せた。谷間に口づけられるむずがゆさに身をよじる。

「あんっ」

いきなり乳首に吸いつかれて、ルチアは声を上げた。リカルドは色づいた部分を吸いながら、先端を舌で押してくる。そうされると体の芯から蕩けてしまうような感覚に襲われた。

「お前は感じやすいな」

リカルドの声が肌をくすぐった。

「そんなの……しらないっ……」

首を横に振る。リカルドの手がふくらみを揉み、先端を指の間に挟む。そうしながら首筋から順番に口づけられて、ルチアの体はどんどん昂っていく。

「んっ」

左右の胸を交互に吸われ、体の奥がとろりと溶けるのを感じた。たまらず高い声を上げそうになり、口元を手で覆う。

「我慢しなくていい。俺の手で乱れるお前の声が聞きたい」

どんな甘いお菓子よりも、リカルドの声が甘い。彼はルチアの胸元にキスを散らす。そして乳房を強く握ったり、優しく揉んだりして、ルチアを翻弄するのだ。

「だめ、……今夜は、みんないるの……」

ルチアは首を横に振る。だってここはルチアの部屋で、はしたない声を上げたら両親に届いてしまうかもしれない。

「そうか。では悪いが、我慢してくれ」

言った次の瞬間、リカルドは乳首に吸いついてきた。柔らかく濡れた、弾力のあるもので転がされる。痛いくらいに尖ったそこに軽く歯を立てられて、足の指先まで震えが走った。

のけぞったルチアの下腹部をリカルドの髪がくすぐる。ルチアは手を伸ばし、リカルドの髪に触れた。さらりとした手触りは昔のままだ。

「……や、め……」

リカルドはルチアの太ももに口づけながら、両足を持ち上げた。そうしてあらわになった部分に、音を立ててキスをされる。

「ここはもう、こんなに蕩けている。分かるか?」

秘裂を撫でられ、ルチアは身もだえた。優しくそこを開いた指で浅くかき回されて、水音が立つ。

「あっ」

リカルドの舌が花びらをかきわけて花芯にたどりつく。それを舌先で包むように舐め上げられて、ルチアは息を詰めた。

下腹が重たく疼いている。今にも何か弾けそうなのに、リカルドは容赦なく小さな突起をいじめてくる。ルチアにできることは、目を閉じて襲いくる感覚に耐えることだけだった。

無防備になっていた秘裂を指が探る。浅いところで円を描くように動くリカルドの指は意地悪だ。そんなことをされたら次から次へと蜜が溢れてしまう。波のようにやってくる感覚の逃し方を知らないルチアは、ただ翻弄されるだけだ。

濡れそぼった蕾《つぼみ》を花開かせるように、指が中へと入ってくる。リカルドは熱を帯びてふくらんだ突起を少し強く押しながら、中を探った。

「はっ、あぁ……」

急に高いところへ放り出され、落ちる。体の奥から熱いものが噴きでて止まらない。のけぞって喘《あえ》ぐルチアから、リカルドが指をそっと抜いた。

頭がくらくらする。脱力したルチアの前で、リカルドが衣服を脱ぎ捨てた。彼の均整のとれた体を直視したルチアは、そこで目を丸くした。

「えっ……」

初めてルチアはリカルドの昂りを直視した。あまりの生々しさと大きさに怖気《おじけ》づく。これまで二度、体を重ねているという事実を否定したくなった。だってあんな大きなものが、この体に入るなんて思えない。

逃げようと無意識に体がずり上がる。それを見たリカルドはわずかに口元を緩め、ルチアを引き寄せた。

「大丈夫だ、逃げるな」

「でも……」

怖い。呟いたけれど、リカルドは聞こえているはずなのに無視をした。閉じられないように膝を持たれて、すべてを晒す形にする。

リカルドの視線が秘部に突き刺さる。じっと見られている羞恥をどうにかしたくて、ルチアはきつく目を閉じた。

潤んだ秘裂に、ぬるぬるしたものが宛がわれる。それが何かを考えるのをやめて、ルチアは息を吐いた。

「力を抜け」

足を抱えられる。どうしたって身構えてしまうルチアを宥めるように、足を撫でられた。リカルドはルチアの呼吸が落ち着くのを待ってから、ゆっくりと中を穿つ。

「うっ……」

熱が埋められる瞬間は、苦しかった。だけどこの二日間でリカルドを知ってしまったそこは、強く拒んでくれない。

「もっと、奥まで……」

苦しげな声を上げたリカルドが、ルチアの腰を摑む。そうしてゆっくりと、硬くて熱いものが、中へと入ってきた。拒むようにそこが収縮しても、こじ開けて進む。

「無理、やめてっ……！」

奥深くまで届こうとする大きさに、ルチアは怯えた。

やっぱりあの大きさのものがこの体に収まるなんて思えない。目も唇もきつく閉じて震えることしかできずにいると、宥めるように下腹部を撫でられた。それでも強張るルチアの頰に優しく口づけられる。

耳にリカルドの唇が触れた。

「無理じゃない。お前の体は、ちゃんと俺を愛してくれる」

それを事実だと教えるように、リカルドのそれが脈打った。ルチアはたまらず背をしならせる。痛みも違和感もあるけれど、それ以上に、彼と繋がった部分が熱い。

「うっ……」

体に何かを詰められる息苦しさに涙が浮かぶ。それをリカルドの指が優しく拭ってくれた。

「もう、少しだ」

リカルドの息も乱れていた。ルチアは黙って頷く。汗の滲む額に前髪が張りつく。それをかき上げられ、ルチアは目を開けた。

「大丈夫か？」

熱を帯びた、だけど優しい眼差しに息を呑む。

彼は昔から、こんな風にルチアを見つめてくれていた。そこにあった気持ちに、どうして気がつかなかったのか。ルチアは自分自身が不思議だった。

随分と遠回りをしてしまった気がする。その時間を、これから埋めてしまいたい。

ルチアはためらいながらも、リカルドの腕を摑んだ。たくましいその腕を撫で、リカルドの背に腕を回す。ぴたりと重ねられた胸の硬さ、鼓動の力強さに体が熱くなる。

細身に見えたけれど、リカルドはきっちりと筋肉がついた、男の体をしていた。いつのまにかこんなにも立派な男になった彼が、それでも一途《いちず》に自分を求めてくれている。

「動くぞ」

宣言と同時に、リカルドが動きだす。引いて、また入ってくる。繰り返し揺さぶられる度に、体の内側が熱くなる。体に埋められた彼の熱が脈打ち、ひとつになっているのだと実感した。繋がった部分から全身が甘く痺れていく。

押しつぶされていたルチアの胸に、リカルドが手を伸ばした。

「やっ……」

大きな手に揉まれる。彼の指の形にふくらみが凹《へこ》む。強すぎて痛いくらいなのに、気持ちがいい。

「っ……あ、だめっ……」

蕩けてしまいそうな快感が襲いかかってくる。ルチアにできたのは、リカルドの肩に縋《すが》りつき、爪《つめ》を立てることだけだった。

「も、う……」

「ああ、俺ももう、……」

リカルドの動きが速くなる。奥まで埋めたものを引き抜かれ、中をいっぱい擦られて、ルチアは喘ぐ。必死で声を殺していると、それに気がついたリカルドが唇を重ねてきた。

ひとつになっている。自分の中がリカルドでいっぱいになる。強く突き上げられた瞬間、ルチアの中でリカルドが震えた。

「っ、……」

奥深くに熱が浴びせられる。体だけではなく心が歓《よろこ》ぶ声を聴きながら、ルチアは意識を手放した。

耳を澄ませば、謝肉祭の賑やかな声が聞こえる。

「新しい船ができるのを知っているか」

激しくも甘い行為の後、繋がりを解いてからもリカルドはルチアを後ろから抱きしめて離さなかった。

「大きな客船のこと？」

数ヵ月前から、巨大な船ができるという噂は聞いていた。他国にも今までより早く行けるらしい。

「そうだ。そこで結婚式をしよう」

ルチアのうなじに顔を埋めたまま、リカルドが言った。

「……結婚式？」

ルチアは驚いて振り返った。次の瞬間には口づけられていて、ぐるりと体を反転させられる。

ベッドにルチアを組み敷いたリカルドが柔らかく微笑む。彼のこんな表情を見るのは久しぶりだ。懐かしいようなくすぐったさに、ルチアも自然と笑顔になった。

「お前さえよければ、ファリエール公爵に相談しようと思っている。俺たちの結婚式は両家の和解の印であり、この国の発展を願う式になるだろう。誰もが祝福してくれる式にしたい」

そして、とリカルドは口元を緩めた。

「その船で旅に出よう。他国を知ることでこの国に活《い》かしていくのだ」

「素敵ね！」

ルチアは目を輝かせた。いつかは他国の空気を吸ってみたいと思っていた。その夢がかなうのだ。

毎日を退屈だと思っていた。このまま恋も知らずに結婚して、窮屈に生きるのだと覚悟していたルチアの道を、リカルドが開いてくれたのだ。

「ありがとう、リカルド」

そこでルチアは、自分が一度もきちんと思いを告げたことがないと気がついた。

「……あなたが好き。たぶん昔から、ずっと」

自覚はしていなかったけれど、ルチアは幼い頃からリカルドを大切に思っていた。それが恋心と結びつく前に、離れてしまっただけだ。

随分と都合のいい台詞《せりふ》だったかもしれない。だけどその時リカルドが見せた、驚きから歓喜へと変わるその表情を、ルチアは生涯、覚えていようと思った。

陽光の朝に溺れて

リカルド・トライアーノの朝は早い。

日の出前に目を覚ますのは、修道士として過ごした二年間で身についた習慣だ。そうすぐには抜けてくれないだろう。

もうこんな早くに起きる必要はない。リカルドは深く息を吐いた。望んでいたものはもうすぐ、すべて手に入る。焦る必要はないと理解はしていても、まだどこかに不安が残っていた。

ゆっくりと目を開ける。一人にしては寝台が広すぎた。手足を伸ばして眠れるのは嬉しいが、少し――かなり、寂しい。

自分の左側をそっと撫でる。ルチア、と声に出さずに呼ぶ。彼女は今頃、あの寝台の上で眠っているだろうか。想像しただけで体が熱を帯びてきて、リカルドは両手で顔を覆った。

長く禁欲的な生活をしてきた反動なのか、それとも想いを遂げた結果か。とにかく、本能が彼女――ルチア・ファリエールを求めている。

初めて会った日から、好きだった。初めての拙いダンスの誘いにルチアが応えてくれたその時に、リカルドの運命は決まった。

　次に彼女に会えるのは日曜日だ。典礼の後、サロンで話す約束をしている。そしてその後は、結婚式や新生活の話を両家交えて行う予定になっていた。彼女に触れることはおろか、二人きりになるのさえ難しいと思う。

　しばしの我慢だ。リカルドは自分に言い聞かせた。あの色を失った修道院の生活に比べれば、今がどれだけ希望に満ちているか。寂しいという感情は贅沢だ。自分にそう言い聞かせて目を閉じる。

　規則正しい呼吸をしても、眠れそうにない。しばらく寝台に横たわっていたものの、どうにも寝つけなくてリカルドは上半身を起こした。睡眠を諦め、薄闇に眼が慣れてから水差しを手に取る。

　口に含んだぬるい水をゆっくりと飲みほした。寝台から降り、装飾とは無縁の寝室をぼんやりと眺める。

　リカルドの寝室があるのは、トライアーノ家の別邸だ。結婚後の新居として父から譲り受けた。部屋数は多くないが、国の中心部であるセッラーノ大広場に近くて便利な場所にある。ファリエール家からも遠くはない。

　この邸宅で、新しい生活が始まる。それがとても現実とは思えないのは、この幸運がほんの数ヵ月でこの手に転がりこんできたせいだろうか。

幸運の始まりは、兄からの一通の手紙だった

謝肉祭の前月、リカルドの許へ兄のジョルジョから手紙が届いた。五歳年上の兄はリカルドが修道士になるのを最後まで反対し、ネッビアに残れと言い続けてくれた。それでもリカルドが家を出ると、まめに手紙を送ってくれるようになっていた。

今回もいつものように近況の話かと思って封を開ける。だが目に飛び込んできたのは、たったの一文。

『話したいことがあるから、国に戻って欲しい』

兄の字が前よりも細い。胸騒ぎがして、リカルドはその手紙を片手に修道院の院長の許へ向かった。

本来ならば、修道士となった者が自宅へ戻ることは許されない。しかしトライアーノ家はこの修道院の属する修道会に多額の寄付を行っているため、融通が利く。院長に事情を話すと、ちょうどネッビアの修道会に空きがあるからすぐに戻れと言ってくれた。

そうして謝肉祭が始まる前に、リカルドはネッビアに戻った。

煌びやかな水の国。離れたことでこの国の自由さと明るさが分かるようになった。貿易の盛んなこの国は、いつも賑やかだ。リカルドはこの国が好きだった。それでも飛び出し

たのは、ここにいても欲しいものが手に入らないからだ。

「ただいま戻りました」

兄がいるのはネッビア本島ではなく、トライアーノ家が持つ小島のひとつだ。体の弱い兄は空気が澄んでいて人の少ないこの島で過ごす日が多い。

「久しぶりだね、リカルド」

迎えてくれた兄は、また痩せたようだった。もともと細身ではあったが、まるで一回り小さくなったような印象さえ受ける。

「まあそこに座って」

促されてソファに腰かける。お茶が用意されている間は、たわいもない世間話をした。

「――ところで、お願いがあるんだけど」

「なんでしょう」

久しぶりに飲む茶は、薬草のようなにおいがした。

「僕の代りに、トライアーノ家を継いでくれないか」

「は?」

カップを持つ手が固まる。何を言われたのかが即時に分からずにいると、兄は少し声を張り上げた。

「僕には無理だ」

「しかし……」

跡を継ぐ。自分には与えられないはずの選択肢を突き付けられて、リカルドは戸惑った。まさかこんな話をされるとは思ってもいなかったから、戸惑いで頭がうまく回らない。

「お前に押し付けるのは悪いと思っているよ。でも、これが好機とは思わないのかい」

兄は目を細め、口元を緩めた。それは幼い頃、リカルドをいたずらに誘う時と同じ表情だった。

「……好機？」

察することができずに瞬いたリカルドの前で、兄は小さく笑った。

「彼女だよ。まだ誰とも婚約していないらしい。どう思う？」

その瞬間、リカルドは後ろから殴られたような大きな衝撃に崩れ落ちそうになった。

リカルドが欲しくても手に入れられなかったもの。幼馴染みで、対立する貴族の末娘、ルチア。

明るい髪を揺らして笑う姿を思い浮かべただけで、熱いものが溢れだしそうになる。この国を出る時、すべて封印したはずなのに。リカルドは自分の手を強く握った。

「分かりました」

声がわずかに震えた。それでもまっすぐに兄を見る。

「では早速だけど今夜、父に話す。お前も一緒に来てくれるね。婚約も破棄しなくてはいけないから、少しでも早いほうがいい」

「はい」

リカルドは詰めていた息を吐いた。まだぐらぐらと揺れているような気がする。それでも足に力を入れ、立ち上がった。

その夜、父との話し合いは、思っていたよりも穏便に終わった。ジョルジョの病状が深刻で、このままではトライアーノ家の血筋が絶えてしまうことを危惧したのだろう。すぐにでも戻れという父の命令に、リカルドは頷かなかった。

「お願いがあります」

リカルドの願いは、ただひとつ。ルチアとの結婚だ。それがかなうならば、もう何もいらない。

「……ファリエールの末娘か。あちらが承諾するとは思えんぞ」

父親同士の諍いによってできた両家の溝はどんどん広がっていて、もはや修復は難しい。父の顔が険しくなるが、引くわけにはいかない。しばらく考え込んでいた父は、仕方なさそうに言った。

「分かった。お前がファリエール公爵と話してこい」

だがもし拒絶された場合は、ジョルジョの婚約者である伯爵家の三女と結婚する。父の出した条件を、リカルドは受け入れた。

「必ずや、トライアーノ家に繁栄を」

誓ったリカルドの横で、兄は頬を緩ませた。

それから兄の手をかり、ファリエール公爵と面会の約束を取り付けた。自分の人生で一番の大勝負だ。

翌日にリカルドはネッビアの修道院に戻り、還俗と変わらぬ寄付を申し出た。院長が手続きをしてくれる間は修道士として過ごすことになる。

自分でもよく分からぬ焦燥に混乱していたリカルドは、そこでやっと落ち着いた。好機を与えてくれた神に感謝の祈りを捧げる。有事に備えて、鍛錬も怠らない。

そうして心を落ち着かせたはずなのに、日曜の典礼、大聖堂でリカルドはルチアを見つけてしまった。

美しく成長した彼女を見た瞬間、自分がどれだけ彼女に恋い焦がれていたのかをリカルドは思い知った。輝く瞳は昔のままだ。貴族の娘らしからぬお転婆さで、リカルドよりも木登りが得意だった彼女は、大人の女性への階段を上り始めている。

その姿をただ見つめることしかできなくて、瞬きすら惜しんだ。すぐに逸らされた視線の意味を、考えるのが怖い。その夜はただ祈った。

謝肉祭の期間、ネッビアの修道士には自由が与えられる。リカルドは遊びの誘いを断ると兄の許へ向かい、彼を懇意の女性のところまで送る役割を引き受けた。帰りは少し寄り道をして、謝肉祭の夜を見学するつもりで仮装と仮面も用意した。

　この国は、昼と夜で表情が変わる。昼は明るく賑わうこの国は、夜には迷宮へと変わるのだ。セッラーノ大広場から北へ、月明かりを頼りに進む太い一本道の先には、金色の髪の女性たちが愛を売っている。

　そこに足を踏み入れたのは偶然だ。狭い小路が近道なので通ろうとした時、いやがる女性を見かけた。助けようと近づいた時、それがルチアだと気がついた。

　彼女を助けられた奇跡は、祈り続けた日々の結果だろうか。ルチアとの久々の会話は楽しく、だが同じだけ、空しかった。仮面ひとつで自分だと分かってもらえないと気がついた時の悔しさが、リカルドの胸の奥でくすぶった。

「――ルチアに結婚を申し込む？　お前が？」

　ルチアの父であるファリエール公爵は、リカルドの申し出に驚きを隠さなかった。そして露骨に怪しんだ。

「私は昔から、ルチアを愛しています。それに実は、……先日も、彼女に会い、また会う約束をしております。勝手に申し訳ありません」

　殊勝に頭を下げてみせる。そのまま、自分は父と違い、ファリエール公爵と近い考えを持つことを説明した。

嘘ではない。父の考えは時代遅れになりつつあると、他国の修道院で過ごしてよく分かった。今の世の中は、戦いを好まない。

リカルドの発言に気をよくしたのか、ファリエール公爵の表情から険しさが抜ける。

「必ずやルチアを幸せにします。そして両家の繁栄を約束します」

「分かった」

あっさりとした一言が何を意味するのか。じわじわとこみあげてくる喜びに声を失っていると、実は、とファリエール公爵が切り出した。

「ルチアに求婚した相手にろくでもないのがいて、しつこいんだ。どうにか手を打とうと考えていたところだった。お前ならあいつも黙るだろう」

「……誰でしょう」

自分でも驚くほど低い声が出た。渋りながらも聞きだした名前は、噂に疎いリカルドでも知る放蕩息子だ。あんな男にルチアを任せることなど、許されない。

怒りを抑え込み、リカルドはファリエール公爵を見た。こちらを見る公爵の目が細められる。

「こうなると分かっていたら、幼い頃からお前と婚約させておけばよかったな」

「身に余るお言葉です」

頭を下げる。それから今後についての段取りを話してから、リカルドはその足で父の許へ向かった。ルチアとの結婚を認めてもらったと伝えるために。

「はぁ……」

リカルドはため息と共に頭を抱えた。ルチアが知らないところで話を進めていた結果、好きでもない男と結婚すると言われる事態に陥った。あの時の、血の気が引く感覚をリカルドは忘れないだろう。

くすぶっていた悔しさが抑えきれず、ルチアを抱きしめた。

初めての夜はもっといい形で迎えたかったが、もう遅い。それでもルチアは求婚を受けてくれたのだから、そのやさしさに感謝し、これからのすべてを彼女に捧げることで詫びよう。

楽しい思い出にはいつだってルチアが共にある。これまでも、そしてきっと、これからも。

ああ、早くルチアに会いたい。明るくなった窓の外を眺める。少しずつ邸内で誰かが動きだす音がしてきて、一日が始まるのだと分かった。

今日も朝食を終えたら、父とこの国の政治の勉強だ。父が兄だけではなく、リカルドにも帝王学を学ばせていたのは、いつかこんな日が来ると想像していたからかもしれない。

午後には近くの小島の視察だ。それから夕食は招待された宴席へ、と予定を考える。修道院とは違った忙しさに早く慣れて、ルチアとの時間を作りたい。

太陽が水路を照らす。きらきらと輝く光が眩しい水上を行きかうゴンドラを見ていると、そのうちの一つが大きく見えてきた。

こんな朝早くから誰だ。とっさに剣をとった。先日のルチアの件は穏便に済ませたが、まだあきらめていないのか。

だがすぐにリカルドは剣を持つ手を緩めた。ゴンドラには見慣れた紋章、そして金色の髪が見えたせいだ。

夜着から着替え、部屋を出る。ちょうどルチアの乗るゴンドラが玄関に横付けされた。昔からよく知るゴンドリエーレのチェスコがリカルドに頭を下げる。その後ろからルチアが顔を出した。

「何をしている」

こんな朝から、約束もなしに来るなんて。つい咎める台詞が口をつく。

「おはよう、リカルド」

だが微笑みかけられた瞬間、体から力が抜けた。手を差し出し、ゴンドラから彼女を下ろす。

「おはよう。ご機嫌だな」

「ええ、だって、あなたに会いたくて」

リカルドをまっすぐ見つめるルチアの眼差しに息を呑む。これは夢かと思うほど、ルチアが優しい表情を浮かべてこちらを見ている。

「……俺もだ」

こんな時に気の利いた言葉がかけられればいいのだが、あいにくそんな器用さを持ち合わせていない。リカルドはそっとルチアを引き寄せた。

腕に収まる彼女に、愛しさがこみあげてくる。朝からこんな風に彼女に触れられるなんて、夢のようだ。

「体が冷えている。何か温かいものでも飲もう」

「ええ、そうさせて」

さあ中へ、と肩を抱く。頷いたルチアを邸内に入れ、チェスコにも準備が終わり次第、中へ入るように言った。

客間に向かって廊下を歩く。ルチアは普段のドレスとは違う、動きやすそうな衣服を着ていた。

「こんな朝早くに来るなんて、お父上がよく許したな」

ファリエール公爵は、末娘のルチアをとてもかわいがっている。貴族の娘らしからぬ行動力を持つルチアが心配でつい口うるさくなってしまうらしい。リカルドからすればその溌剌とした振る舞いはとても魅力的だが、父からすれば無鉄砲に映るのも理解できる。

「父には内緒よ」

「……なんだと」

確かルチアは、結婚までおとなしくしていると約束していたはず。リカルドは額に手を当てた。

「ばれたら謝るわ。あのね、リカルド。私、どうしても今日の朝に言いたいことがあったの」

少し先を歩いていたルチアが振り返る。

「なんだ？」

「お誕生日おめでとう」

「……ああ」

そうだ、今日は自分の誕生日だ。ルチアの誕生日は覚えていたのに、自分のはすっかり忘れていた。

「そうだな、今日が誕生日だ。思い出した」

「おめでとうを一番に言いたくて、朝から来ちゃった」

ふふ、と楽しそうに笑うルチアを反射的に抱きしめていた。ここは廊下で、いつ使用人が通るか分からない場所だけど、もう我慢できなかった。

「ありがとう、ルチア」

嬉しい、という言葉は彼女の唇へと消える。何度か角度を変えて啄んだ唇をそっと舌先で辿りつつ、細い腰に腕を回した。

「んっ……」

小さな声を上げたルチアを強く抱きしめる。リカルドの服をそっと掴む彼女の指先が震えているのが伝わってきて、一気に体が昂った。とても口づけだけでは終われない。

「……え、待って」

「待てない」

唇を離した次の瞬間にはルチアを持ち上げていた。そのまま階段を上がり、寝室へ向かう。いつもより乱暴にドアを開けてから、まだ整えていない寝台へ彼女を横たえた。

早急な展開についていけないのだろう、目を丸くしている彼女に微笑む。

「誕生日に欲しいものがあるが、もらえるか」

思い出したと言ったばかりなのに図々しく贈り物をねだった。

「なにかしら？」

こちらも疑いもせずに問うてくる彼女の頬に手を添える。なめらかな肌と伝わる体温を手のひらで楽しみながら、顔を近づけた。

「お前からのキスを」

一瞬でルチアの顔が赤くなる。耳まで染めて目を泳がせる彼女が愛しい。だからもっと、距離を縮めたくなってしまう。

だが余裕をもって彼女を見つめていられたのも、そこまでだった。

「……はい」

ほんの少しだけ、唇が重なった。その瞬間は一瞬のようで、永遠のようでもあった。少し唇を尖らせた彼女が離れていくのを茫然と見つめる。

髪よりも濃い色をしたまつげが、ゆっくりと伏せられた。

「……」

無言で離れたばかりの唇に自分のそれを重ねる。人生で最も素晴らしい誕生日を始めるキスだった。

あとがき

こんにちは、藍生有《あいおゆう》と申します。久しぶりの乙女系でございます。楽しんでいただけたでしょうか。

今回は仮面にマントの騎士、対立する貴族の子供たち、幼馴染《おさななじ》みと趣味をめいっぱい詰め込みました。

趣味に走った内容をイラストの篁《たかむら》ふみ先生が素晴らしく彩ってくださいました。表紙の二人がドラマチックでうっとりです。ルチアのかわいらしさもちろんですが、リカルドが格好良すぎてびっくりしました。お忙しい中、素敵なイラストをありがとうございました。

この本を手に取っていただいた皆様、どうもありがとうございます。引き続き応援いただけると嬉しいです。

＊本作品はフィクションであり、実在の個人・団体・事件などとは一切関係がありません。

『月光迷宮の夜に濡れて』、いかがでしたか？
藍生《あいお》有《ゆう》先生、イラストの篁《たかむら》ふみ先生への、みなさまのお便りをお待ちしております。

藍生有先生のファンレターのあて先
〒112-8001 東京都文京区音羽2-12-21 講談社 文芸第三出版部「藍生有先生」係
篁ふみ先生のファンレターのあて先
〒112-8001 東京都文京区音羽2-12-21 講談社 文芸第三出版部「篁ふみ先生」係

N.D.C.913　190p　15cm

藍生 有（あいお・ゆう）
8/7生まれ・AB型
北海道出身・在住
好きなものはチョコレート
趣味はクリアファイル集め
Twitter　@aio_u

講談社X文庫

white heart

月光迷宮《げっこうめいきゅう》の夜《よる》に濡《ぬ》れて
藍生《あいお》 有《ゆう》
●
2019年12月25日　第1刷発行

定価はカバーに表示してあります。
発行者――渡瀬昌彦
発行所――株式会社 講談社
東京都文京区音羽2-12-21 〒112-8001
電話 編集 03-5395-3507
販売 03-5395-5817
業務 03-5395-3615
本文印刷－豊国印刷株式会社
製本―――株式会社国宝社
カバー印刷－豊国印刷株式会社
本文データ制作－講談社デジタル製作
デザイン－山口　馨

ISBN978-4-06-517096-0

ホワイトハート最新刊

月光迷宮の夜に濡れて

藍生 有　絵／篁 ふみ

初めて体を許した相手に心まで奪われて……。海上貿易で繁栄するネッピア共和国の貴族の娘ルチアは、謝肉祭の夜に出逢った仮面の騎士に身も心も奪われてしまう。しかしルチアには、婚約者のリカルドがいるのだ。

シモン・ド・ベルジュの東方見聞録

篠原美季自選集

篠原美季　絵／かわい千草

祝いと呪いは裏表。シモンが古都で神隠しに!?　ベルジュ家の意向を受け、ユウリとともに京都にやってきたシモンは、訪れた呉服屋で突然姿を消した。書き下ろし作「瑞鳥の園」に加え、秘蔵のSS二編を収録。

恋する救命救急医

魔王迷走

春原いずみ　絵／緒田涼歌

魔王は恋に惑い、獲物はついに反撃に出る。整形外科医の森住は、新しく配属された美貌の救命救急医・貴志からの大胆なアプローチに戸惑う日々を送っていた。そんなある日、貴志にそっくりの男が現れて……？

ホワイトハート来月の予定（2月5日頃発売）

ハーバードで恋をしよう　テイク・マイラブ …………小塚佳哉
3泊4日の恋人 ……………………………………小塚佳哉
フェロモン探偵 蜜月のロシア ……………………丸木文華

※予定の作家、書名は変更になる場合があります。